レイの世界 -Re:I- 3

Another World Tour

時雨沢恵一

Illustration
黒星紅白

「はじまり」

—At Last—

小さなスタジオの鏡の前で、少女が歌って踊っていた。

黒い長い髪を後ろでまとめた、上下ジャージ姿の少女は、マイクなしで歌いつつ、汗を煌めかせながら踊っていた。スピーカーからは、二十年ほど前に有名アイドルが歌った曲が流れている。

少女の歌は、音程をほとんど外さずに綺麗に響いていく。踊りは時に可愛く、時に伸び

やかに、リズムを正確に刻んでいく。

スタジオには、少女以外に四人がいた。

「とぅっとるっとぅとぅー♪」

歌を小さく口ずさみながら、少女を楽しそうに見つめる一人は、赤いスーツスカート姿の、四十代と公言しているがそうは見えないほど若々しく美しい女性。

「…………」

一人は、無言でその様子を、スマートフォンで動画撮影している、紺色スーツ姿の小柄な男性。短い髪は全て真っ白で、外国人の少年のようにも見えた。

「…………」

一人は、文字通り固唾を飲んで少女を見守る、中年の男性。少女の父親。

「…………」

最後の一人は、夫と同じく、不安げな表情で娘の歌と踊りを見つめる母親だった。

曲が終わり、少女が踊りを終えて――、

「うん！　お疲れ！」

赤いスーツの女性が、明るい声を少女に送った。白髪の男が動画撮影を止めて、チェックをする。少女がちゃんと映っていることを確認して、小さく安堵の息を吐いた。

女性が、後ろにいる両親へと振り向き、

「どうでした？　娘さんの演技と、今の歌と踊り、初めてご覧になって？　率直な感想を頂ければ幸いです」

「正直、驚きました。娘が、ここまでできるとは……。いったいいつ、練習したのか……」

父親がまず答え、母親がそれに続く。

「同じ意見です……。家ではいつも本を読んでいるばかりだったのに……」

「まったくできないわけではない、ことはよく分かりました。では、果たして、プロに値するものなのでしょうか？」

父親の問いに、赤いスーツの女性は、これ以上ないほどのニンマリ笑顔になって、

「答えはノーです。でもね、最初からプロに値する人なんて、ほとんど誰もいないんですよ。いたらそれは突然変異の化け物です。ほとんどみんな、目指す途中に、鍛えられて強くなった人達なんです」

「では……、娘は、鍛えるに値する者ですか？」

「それはこれからの、私達と本人の努力次第なんで、まだ分かりません。ただ——」

「ただ?」

「他の事務所に取られるくらいなら、ウチで取りますねー。取りたいですねー」

「…………」

「重ねて言いますが、未成年を事務所に登録するのには、両親の許可が絶対に必要です」

ここまでのやりとりを、少女は、顔の汗を拭きながら黙って聞いていた。

父親は母親と目を合わせ、それから、ハッキリとした口調で言う。

「お願いします。娘があの時、私達の元から消えてしまっていたらと思うと、今こうして生きていて、何かに挑戦をしているだけで、私達は幸せです。娘が大成するまで、あるいは諦めるまで思いっきり鍛えて、娘がやりたいようにさせてやってください」

「私からも、お願いします。まったく可能性がないのであれば、『諦めなさい』って言っていたかもしれませんけれど、あんなにできるのを見てしまうと、応援したくなります」

二人の言葉を聞いて、少女は一度目を大きく開くと、そこから静かに涙を零した。

「どうやら、何度も〝死んだ〟甲斐はあったようだぞ」

白髪の男は微笑むと、小さな声で少女に言った。

「では――！」

社長が、芝居がかった、よく通る声と軽やかな腕の動きで、

「当有栖川芸能事務所で、娘さんをお預かりしましょう！　私は厳しいです！　ビシバシ鍛えますよ！　よしんば芸能界で生きていけなかったとしても、その後の人生を、強く逞しく生きていけるくらいに！」

深く頭を下げる両親に、社長は言葉を付け足す。

「なお、芸名はとーっくに決まっています！《ユキノ・レイ》です！」

おしまい

CONTENTS

3

Design:Donut studio

第十三話
「とある恋の話」
—Encore—

第十三話「とある恋の話」

―Encore―

都会の片隅に、その小さな小さな芸能事務所はあった。

私鉄の駅前にある、間違いなく昭和に建てられたであろう細い雑居ビル。いかがわしい店が看板を並べる中、その三階を借りていた。

狭いエレベーターホールの前には、

『有栖川《ありすがわ》芸能事務所』

そう書かれた小さなプレートがぶら下がっていて、そのドアの先に、応接室と事務室を一緒くたにしたような部屋がある。

隣には磨《す》りガラス窓で仕切られた部屋があって、『社長室』のプレートがあった。

その応接室で――、

「レイには、並行世界で、映画に出てもらいたい」

ソファーに座る男が言った。

紺色のスーツの上下を着た、身長百五十五センチと、男にしては小柄な体。特徴的なのは髪で、短い髪は、全て真っ白だった。大きな双眸《そうぼう》も相俟《あいま》って、外国人の少年のように見えた。

「おお、映画！」

テーブルを挟《はさ》んだ反対側で、身を乗り出して答えたのは、ユキノ・レイ。

この芸能事務所に所属する十五歳の女子高生で、白いワンピースの、右胸の位置に大きな青いリボンが目立つ制服を着て、腰まである長い黒髪を、カチューシャで留めていた。

「どんなー？」

レイの隣に座る、真っ赤なスーツスカート姿の女性が――、四十代と公表しているが、それよりグッと若く見える女社長が訊《たず》ねた。

「まあ、レイにしかできない仕事です。――というのは、いつものことですが」

「だよねー。『異世界並行世界でのレッツエンジョイワーク！』が、我が事務所のモットーだもんね」

「いいですねそのモットー！　初めて聞きました！」

「うん、今作った！」

はしゃぐ二人の前に、

「えー、こちらをご覧ください」

因幡《いなば》がタブレット端末を、縦にして置いた。

覗《のぞ》き込《こ》んだ二人が見たのは、紺色ブレザーの高校の制服を着た若い男女が、背中合わせで立っている写真だった。共に、手にはシャープペンシルを持っている。男子が赤で、女子が黒。

それは映画のポスターで、下の方に、

『とある恋の話』

そんなタイトルがあった。

その下に、

『山崎《やまさき》イルト　河葉《かわは》サチ』

主役二人の名前が載っていて、その他の俳優名やスタッフ名が小さめに書いてあり、

『～最初で最後で、最高の恋でした～』

上の目立つ場所に、そんなキャッチコピーが大きく入っている。

男子は短い黒髪の美形俳優で、そして女子は――

「おおー、なるほど！　レイに似てるわー！　すっごく！」

社長が言った。

そこに写り、幸せそうに微笑《ほほえ》む長い髪の女子は、身長や体格だけでなく、雰囲気《ふんいき》や顔立ちまで、レイによく似ていた。

とある恋の話

「並行世界の日本で十六年前に大ヒットした、青春恋愛映画です。当時、若い人達は全員見たと言われるほどの作品です。レイに出てもらいたいのは、その続編です」

社長が訊ねる。

「ひょっとしてこの女優さん、河葉サチさんか――、お役御免になったの？」

「いいえ」

因幡が首を横に振った。

「もう、俳優をやっていないそうです。子役出身だったそうですが、この映画の直後に引退し、今はまったく消息が分からないとか。いろいろと捜《さが》されたみたいですが、どうも、日本にいないようです」

「ありゃま。そりゃ、しゃーないね」

社長がそう言って肩をすくめた。レイが訊ねる。

「だから似た女優を、ということですか……。でも、そんな有名作品の続編で、私が出てしまっていいんでしょうか？　年齢だって違いますよ？」

「そういう依頼だからな。事情をもっと説明すると、山崎イルトはこの映画以降も俳優を続け、今も現役で、その世界の日本では知らない人がいない超売れっ子だ。二人が演じる続編の企画はずっとあったし、観客も当然期待していたが、河葉サチがいなくなったことで作られなかった。それでも今回、十六年ぶりに続編の企画が通ったのは――」

「通ったのは？」

社長が合いの手を入れて、因幡が敬語に切り替えて答える。

「〝ヒロインを幽霊《ゆうれい》にする〟という脚本になったからです。前作の直後、少女は突然いなくなった。劇中設定では十五年後、三十歳になった主人公は廃校になった学校を訪れ、彼女の幽霊に出会う――、というストーリーです」

「なるほどねー」

「なるほどなるほど！　幽霊話ですか！　個人的には好きです！　ロマンチックな映画になりそうです！」

レイが目を輝かせて、因幡が視線を一瞬だけ上に持ち上げ、社長は無言で小さく肩をすくめた。

因幡が仕事の説明を続ける。

「そこで女優が必要になったが、なかなか似ているいい人がいなくて、制作陣がホトホト困っていた。そして俺がそのことに気付いて、レイを提案した。もちろん二つ返事だった」

「うんうん！」

社長が、合いの手なのかボケなのか分からないリアクションをしてから、

「テストもせずに合格って、すごく焦っていたんだねえ」

「例のアー写で、一発オーケーでした」

「つまり私は、幽霊の少女役として、十五歳のヒロインを演じればいいんですね！」

「そうだ」

「難しいと思いますけど……、やってみたいです！　頑張《がんば》ります！」

「ほんじゃ行ってこーい！　因幡、他に何か説明することは？」

社長の問いに、因幡はサラリと答える。

「現状、ないですね。あとは向こうの世界で」

＊　＊　＊

水が張られた田んぼを貫く道路を、因幡の運転するワゴン車が走っていた。五月の新緑が目に鮮やかで、よく晴れた朝の空の蒼《あお》さと相俟って映《は》える。

東京《とうきょう》を出発してから半日以上、因幡は車を走らせていた。

後部座席左側でレイが、カーテンを開けて窓の外を見て、

「本当にそっくりですね」

「よく似た並行世界だが、俺達にも分かる違う所といえば、芸能界の顔ぶれかな。この世界に、俺達の世界のような芸能人は一人もいない」

「はー。でも、おかげで、緊張しなくていいですね！」

「緊張?・」

「ほら、憧《あこが》れの歌手とか女優さんとかが目の前に現れたら、絶対に緊張して、何を言っていいか分からなくなると思うんですよ!」

「なるほど……」

それから、

「因幡さん、ロケ地に着く前に、もう一度、映画を通しで観たいんですけれど、いいですか?・」

膝《ひざ》の上にあるタブレット端末に目を落とした。

レイの脇の座席には、この映画のパンフレットや、特集された映画雑誌、続編の台本などが置かれていた。

「伝えておいた到着予定時間まで、三時間以上ある。大丈夫だ」

「ありがとうございます!」

レイが何度目かの鑑賞を始めた『とある恋の話』は——、
自然豊かな町の小さな高校で、少年と少女が出会うところから始まる。
ススムという名の少年は、東京からの、高一の五月という変な時期の転校生。複雑な家庭の事情のせいで、どこか陰《かげ》がある。

ミライという名の少女は、町長の一人娘。学業優秀で美人で快活。誰からも羨《うらや》まれる存在だが、生徒数の少ない高校ではどこか浮いていた。

そんな二人が学校で、そして美しい自然の中で触れ合い、仲を深めていく。

五月から七月までの二ヶ月間、二人の心の移り変わりを、移りゆく里山の風景と共に描いた映像はとても美しかった。

少年の方は、デビュー作ということで、演技にぎこちないところがあるが、それがまた彼のキャラクターに合っていた。

少女の方は、河葉サチが子役出身ということもあり、魅《み》せる演技で観客を引き込んでいく。

ストーリーも、派手さはないのに、飽きさせずに進んでいく。静かなすれ違いや、小さな誤解を乗り越えて、二人はお互いを、この世界より大切な存在だと認めるようになる。

少年の家庭の問題や、町を取り巻く環境の変化などが二人を引き裂こうとするが、二人はそれを乗り越え——、

「お互い、十七歳最後の日も独身だったら、結婚しよう」

そう約束し、ハッピーエンドで終わる。

梅雨の静かな雨が降る教室で、並んで勉強する二人。

少年がペン回しの失敗で落とした黒いシャープペンシルを、少女は拾い上げて——、自分の

赤いものを渡す。

少年は黙ってそれを受け取り、再びノートを取り始める。時々回しながら。一度も失敗せず。

主題歌が静かに流れるこの場面は、名シーンとして、テレビや雑誌で必ず取り上げられるほど人気になった。ＭＶにも使われ、主題歌も大ヒットした。


「うう、何度観ても泣けます！」

レイが目を拭《ぬぐ》いながら言って、

「そうか」

因幡はいつも通りクールに返した。

車はロケ地に程近《ほどちか》い『道の駅』に止まっていて、因幡は運転席でコーヒーを飲んでいた。

「もう少し、時間いいですか？」

「大丈夫だ」

レイは、続編の台本を手に取った。

何度も読んでいて付箋《ふせん》だらけだが、再確認するために急いでページをめくっていく。

続編『とある恋の話Ⅱ　～この時の間に～』は——、

三十一歳の山崎イルト演じる、三十歳のススムが高校を再び訪ねるシーンから始まる。

彼の回想で、前作の直後に、ミライが病気で亡くなっていたことが語られる。

「何度読んでも思いますが……、結構強引な設定ですよね。ミライちゃんの死は、悲しいです。これ、観た人はビックリするでしょうね」

レイが言って、因幡は、

「同意するが、そうでもしないと続編は作れなかった」

「ですよねー……」

「それに、〝短い間の強烈な体験だった〟という体《てい》にしたことで、前作を際立《きわだ》たせることもできる。ミライが、病気のことをずっと知っていたようにも思えてくるしな」

「それも認めます！　そして、Ⅱの脚本自体は、本当に素晴らしいんですよー！　こっちはこっちで、泣けるんですよー！」

ススムはその後、何度か他の女の子と、あるいは女性と付き合ったが、どうしてもミライのことが忘れられず、長続きしなかった。

五月の新緑の季節。仕事でこの地方にやって来た彼は、高校が既《すで》に廃校になっていて、間もなく取り壊されることを知る。

悩んだ末に訪れた彼は、思い出の校舎で、ミライそっくりの少女と出会う。彼女もまた、自分をミライと名乗る。

幽霊なのか、よく似た別人なのか、誰かの仕組んだ罠《わな》なのか、混乱するススム。謎《なぞ》の少女は、彼のことはまったく覚えていないと言う。でも、どこか懐《なつ》かしいとも。

こうしてススムは、校舎の中で数日に渡り、誰もいないはずなのに、生徒達が集まった授業風景を見たり、謎の少女と一緒に懐かしい日々を過ごしたり——、
夢とも現実とも付かない、不思議な体験をしていくことになる。

取り壊しが始まる直前、町を挙げてお別れのお祭りが催《もよお》される。

かつてないほど学校が賑わう中、ススムはミライと一緒に、まるで別の世界に導かれるようにして消えていく。

彼がどうなったかは観客の想像に委《ゆだ》ねて、校舎が取り壊されるシーンで、映画は終わる。

企画書に書いてあったが、この映画の目指すところは、『前作の続編というより、静かで美しいエピローグ』だった。

「うう……、なんか……、こう……、幸せになってほしいですー！　ススムさんには！　ミライさんは、実は死んでいなかった、でいいじゃないですかー！」

「幽霊話が好きなんじゃなかったのか？」

運転席からの鋭い指摘が戻ってきて、

「うぐ！　そ、そうですけどー！　ほら、実は生きていて、私が演じるのは〝生《い》き霊《りょう》〟ってコトじゃダメですかね？」

「…………。レイ、分かっていると思うが、勝手に台詞《せりふ》を変えるなよ？」

「分かっていますよー！　アドリブしません！　約束します！」

「さて、そろそろ向かうか。ちょうど予定通りの時間に着けるだろう」

「行きましょう！　ユキノ・レイ、頑張ります！　難しいかもしれません！　でも、頑張ります！」


ロケ地の元学校は、里山の中腹にあった。

田んぼと畑が続く広い谷を登っていくと、左右の森が狭くなっていき、学校に着く。そこで道は終わり、その先はもう森と山しかない。

元々は町立の中学校だった。

広いグラウンドがあり、昭和の時代に建てられた、今となるとレトロ感を感じる凸型《とつがた》の鉄筋コンクリート製校舎がある。その脇に、かまぼこ型の体育館。そしてプール。

ここまで歩いて登るのは大変なので、昔は通学用のバスが走っていた。

前作撮影時は現役の学校だったが、十年前に統合により廃校になっている。

前作の大ヒットで、当然のように映画の〝聖地〟として有名になり、授業中に訪問者が押しかけて問題になったこともあった。

廃校になってからは、町が町営の観光宿泊施設として保全したおかげで、観光名所として賑《にぎ》わった。人も訪れやすくなった。撮影に使われた教室は、そのままの雰囲気を残している。

しかし歳月が過ぎ、施設の利用客も減り、建物の老朽《ろうきゅう》化《か》で六月末には取り壊すことが決まっていた。

そのことが、続編製作をひどく急いだ理由にもなっていた。取り壊しシーンは、そのまま映画に使われる予定になっている。


校舎やグラウンドの手前、一段低い場所にある広い駐車場に〝撮影村〟ができていた。プレハブ小屋がいくつも建てられ、周囲には車が並んでいる。

小屋は主役キャストの楽屋やメイク室、監督など主要スタッフの使う部屋。大型の観光バスは脇役の役者達やその他スタッフの移動手段兼待機所。大きなトラックは撮影機材や大道具、小道具、食事などの運搬用。

因幡の運転する車が、警備員のチェックポイントを抜けて到着する。

二人はワゴン車から降りて、

「ちゅ、注目されている……。とても……」

「そうだな。当たり前だな。だから、胸張って行け」

「は――、はい！」

撮影準備をしていたスタッフ全員の目を集めながら、監督が待つ一番大きなプレハブ小屋へと向かった。

監督は、六十代の男性。十六年前に前作を撮ったまさにその人。当時はまだ新米監督だったがこの映画で名を馳《は》せ、以後はずっとヒット作を撮り続けている。

脚本家の女性は五十代で、こちらも継投。前作の脚本を小説化して出版し、大ベストセラーになっている。

因幡に続いてレイが室内に入ると、その場にいる全員からどよめきの声が洩《も》れた。

監督は自己紹介をしたレイを眺《なが》めて、開口一番訊ねる。

「すぐに、できる？」

「はい！」

「よし。各所への紹介とか全部ぶっちぎっていいから、すぐにメイクと衣装入って。ねえ誰か、山崎君を、楽屋から絶対に一歩も出さないようにして。トイレも我慢させて。レイ君を見たスタッフには箝口令《かんこうれい》。――出会いのシーンを、一切リハ無しで撮るからね」

「お疲れ様。今日はこれで終わりだ」

「お疲れ様でした！」

「疲れが取れなかったら、一度元の世界に戻す」

「いよいよの時は、お願いします！　では因幡さん、明日の朝四時に！」

学校から一番近い大きなホテルの部屋で、レイは一人、ダブルサイズのベッドにひっくり返った。時間は二十二時過ぎ。

「楽しかったー！　初日無事終了！」


初日の撮影は、監督の思い通りに進んだ。

山崎イルトは、リハーサルもなしに、ヒロインを見つけるシーンを演じさせられた。

教室で、河葉サチそっくりにメイクされ、前作と同じ制服を着たレイを初めて見て――、
彼は数秒間、固まった。

それから、静かに泣き、膝から崩れた。台本には〝驚き、複雑な表情で数秒立ち尽くす〟としかなかった。

周囲のスタッフが呆然《ぼうぜん》としつつ、複数のカメラを容赦《ようしゃ》なく回すなか、

『あなたはだあれ？』

レイは台本通りの台詞を、台本注文通りの〃透明感のある無邪気な笑顔〃で演じて、カットとOKをもらった。

そして撮影後——、
山崎イルトが近づいて来て、

「ユキノ・レイ君、驚いたよ。そして、感動した。これからよろしく」

切なそうな顔で、そう言って去って行った。


翌日から、怒濤《どとう》の強行撮影が始まった。

新緑の季節に撮る必要があることと、売れっ子の山崎イルトのスケジュールと、校舎の解体までの日数で、撮影時間の制限は、通常ではあり得ないほど厳しかった。この地でのロケに使える時間は最長で二週間。天気によってはそれ以下になる。

とにかく急いで撮影する必要があるので、一箇所で準備している間に別の教室や廊下でのセッティングが行われたり、別の撮影チームが、生徒達の授業シーンを同時に撮っていたりする。

監督のこだわりで、生徒役は全員、高校一年生の年齢で揃《そろ》えられた。男女合わせて二十人。有名な俳優は一人もいなかった。

レイは、他の俳優達と混じって、教室で授業を受けるシーンを撮り、その直後に山崎イルトとの二人だけのシーンを撮った。

撮影場所は教室、校舎裏、屋上、体育館、プールサイドと、校舎敷地内のほぼ全て。素早く移動して撮る。

いつ急に呼ばれるか分からない待機以外、ほとんど休憩時間もなく、朝から晩までの撮影が連続して、

「戻るか？」

因幡がレイに訊ねたが、

「いえ、皆さん頑張っているので！」

レイは、元の世界に戻ってリセットする方法を選ばず、撮影をこなしていった。


別の日。

生徒役の俳優達と、何気ない授業シーンを演じて、難なくＯＫがもらえた後――、

「レイちゃん、本当に似ているね……。河葉サチに……」

女性用トイレの洗面台で、共演の少女――、役名・『廊下側最後列女子』を演じる女の子から話しかけられた。

元校舎のトイレがあるので、撮影スタッフとキャストはそこを使用できる。おかげで仮設トイレを持ちこむ必要がなく、全員から評判が良かった。入口には、女性の警備員が立って

いる。

長い金髪でギャル風メイクの彼女は、身長が百七十センチ近くある長身で、レイの顔を上から覗き込むようにして、

「ねえ、レイちゃん……、ひょっとしてレイちゃん、河葉サチの娘なの？」

「はひっ？」

レイは素《す》っ頓狂《とんきょう》な声を上げて、首を全力で横に振った。髪が踊った。

「違います違います！　ないない！　それはありえない！」

慌《あわ》てて全力で否定したことで、彼女はより一層顔を近づけてきて、

「なんで？　十六年前、河葉サチが妊娠して引退したって噂《うわさ》があるんだよ？　年齢的にピッタリじゃん！　そして信じられないくらい似てる……」

「そんなの知りません！　そして、絶対に、ありえませーん！」

「どうして？」

この世界の人間ではないからとは言えず、

「だって私、この国の人じゃないんですもん！　両親も私も外国人です！　あ、これ、言わないでくださいね！　今のところ、知っているの、プロデューサーさんと監督さんだけなので！もちろん、映画公開前に発表することではあるんですけど」

そんな嘘《うそ》で答えた。あとで因幡に、そういう設定にしてもらうのを忘れずに頼むつもりで。

「なんだあ……。本当に、すごく似ているだけなのかあ……。そりゃ世界中捜せば……、いるよねえ……」

壮絶にガッカリした様子の彼女は、ギャル風メイクが似合わない真顔で、おそらくは地の表情で微笑んで、

「ごめんねー。あと、レイちゃん、今さらだけど、主役おめでとう！」

「へ？　あ、ありがとうございます！」

「実は私も、いっちばん最初にあったミライ役のオーディション受けたんだ。でもね、『いやキミ、全然似てないからっ！』って落とされちゃった。まあ、この身長じゃーね。幽霊設定でも、さっすがに無茶だったわ！　あはは！」

「なんと。そうだったんですか」

「結局誰も選ばれなかったから、映画もポシャると思ってたんだよね。レイちゃんのおかげ。そんでこうしてクラスメイトの役がもらえて——、役名はちょっとアレだけど、この映画に出るコトができて、本当に嬉《うれ》しいよ。河葉サチそっくりの、綺麗《きれい》なレイちゃんに会えたのもね！まだまだいくつか一緒のシーンがあるから、がんばろ！」

「はい！　あの——」

「あ、忘れてた！　私、槻木《つきのき》メイ。下の名前似てるね！　よろしくね、レイちゃん！」

「はい！」

撮影が始まって、一週間が過ぎ——、
天候にも恵まれ、撮影はかなりのハイペースで進んでいった。

山崎イルトはまずNGを出さない俳優で、戸惑いつつもミライに心を奪われていく青年の様子を、感情たっぷりに演じた。

天真爛漫《てんしんらんまん》な幽霊のミライを演じるレイは、それに必死に食らいついていった。

監督以下スタッフも全員が優秀で、撮影トラブルはまず起きなかった。

「因幡さん、これってすごく順調ですよね？」

「まあな」

「このままいったら、大役を果たせますよね？」

「だろうな」

「よっしゃ頑張ります！」

レイが頭に漂白剤をぶっかけられたのは、そんな最中の、とある日だった。


その日、夕方になって激しい雨が降り出した。

残りの撮影が全部、翌日以降に延期になって、レイが女子トイレに入室して、個室に入った

瞬間――、

「うひっ?」

頭の上から冷たい液体が塊《かたまり》で落ちてきて、レイの頭にかかり、

「痛い!」

目に入って強烈にしみて、

「ひゃー! なにーっ!」

悲鳴を上げたところで、女性警備員が飛び込んできた。


「警察を呼ぶべきですよ! あまりにも酷《ひど》い!」

土砂降りがプレハブの屋根を激しく叩《たた》く監督の部屋で、臨時の会議が開かれていた。

並べられたパイプイスに座っているのは――、
端から、セーター姿が板に付きすぎている三十代男性のプロデューサー。前作が好きすぎてこの業界に入り、とうとう続編を生み出せることになった人物。

監督、助監督などの主要メンバー、そして事情を知るスタッフ数人が続く。

そして、本気で怒り声を上げた山崎イルト。

「しかしねえ、山ちゃん……。ポリースはマズイよ……」

プロデューサーが、それだけは絶対にイヤだ！　という雰囲気を隠さずに言う。

「ヘタしたら撮影止められちゃうよ？　そうなったら、スケジュール的に映画完成しないかもしれないよ？　この映画、僕やカントクだけじゃなく、キミにとっても思い出の一作でしょ？」

「それは……、まあ……。撮影が止まるのは嫌《いや》ですけど……。でも、レイ君は漂白剤を頭から浴びたんですよ？」

やりとりを聞いた監督が、

「彼女の様子、どうなん？」

重苦しく言って、助監督が、

「それは、因幡さんからの連絡待ちで。まだ救急車は呼んでいないみたいですけ――」

言葉が強めのノックで遮《さえぎ》られた。ドア付近にいたスタッフが誰何《すいか》して、因幡だと分かるとすぐにドアを開けた。

入ってきた因幡に、山崎イルトが訊ねる。

「レイ君の様子は？」

「それは、本人の口から」

「は？」

「どうもすみませーん！」

因幡に続いて、ジャージ姿で入ってきたのはレイで、雨粒が散っている以外、髪にも顔にも

まったく異常は見られず、むしろさっきより元気に見えて、

「大丈夫、なの？」

「はい！　ご心配おかけしました！」

レイはまずは山崎イルトに、それから監督達に、

「ちょーっと目にしみましたけど、ガッツリ洗い流したので問題ありません！　プールの後くらいの感じです！　髪もご覧の通りです！　明日からの撮影、また頑張らせていただきます！」

深々と頭を下げて、その場にいた全員が、安堵《あんど》の息を漏らした。パイプイスの背もたれが軋《きし》む音が連続した。

「ああ、良かったよ……」

山崎イルトが、天井を見ながら力なく呟《つぶや》いた。


実際には、トイレ用の漂白剤を頭から浴びたレイの被害は大きく、髪の色はあちこちで変わり、目は真っ赤に充血してしまっていた。皮膚も赤くなっていた。

通常なら、即座に救急車を呼ぶレベルのダメージだが、

「くー！　こんなことに負けるかー！　因幡さん、私達にしかできない、回復必殺技を出しましょう！　今！」

「ああ。分かった」

因幡が力を使い、一度元の世界に戻ることで、レイは一瞬で治り、

「あまりすぐに行くと怪しまれる。しばらく待機だ」

因幡の言葉に従って、

「りょうかーい！　あー、お茶がおいしい」

ついさっきまで、楽屋でノンビリとしていた。


レイが入ってすぐ、美術スタッフが楽屋に来て、

「簡単なカラクリではあります。でも、誰かが意図的にやったことです」

漂白剤の仕掛けを説明した。

女子トイレの個室天井には、それぞれに換気用の格子穴《こうしあな》がある。その上に、装置が仕掛けられていた。全部が一度に作動したので、レイがいたところだけでなく、女子トイレ個室の床は漂白剤まみれになっていた。

装置は水風船に入れられた漂白剤と、針を前後に動かせるサーボモーター、小型のバッテリー、そして受信機の構成。部品はラジコン用にどこにでも売っているもので、簡単な工作知識があれば誰にでも作れる装置だった。

漂白剤は、トイレにあったものがそのまま使われていた。今回の撮影のために、新しく置か

れたものだった。

装置そのものはポケット、あるいはポーチに入るほど小さい。数日間トイレに出入りすれば、誰にも見つからずに設置できる仕組みだった。

施設には警備員が常駐しているので、スタッフ、キャスト以外が実行するのはかなり難しいと思われた。

「つまり、撮影が始まってから、仲間内の誰かが、レイ君を狙《ねら》ってやったってことでいいんだな?」

監督の言葉に、因幡が淡々と答える。

「そうかもしれませんし、そうでないかもしれません。つまり、女性なら誰でも良かったのかもしれないし、レイが入っていったからスイッチを押したのかもしれません」

その口調に、自分の事務所の女優が被害を受けたのに冷静過ぎると、一団の雰囲気が一気に冷えた。厳しい事務所だねえと、レイに、同情の眼差しを向ける人もいた。

「警察は、呼ばなくていいよね? ね?」

プロデューサーが、一番言いたいことを言って、

「もちろんですよ!」

真っ先に声を上げたのはレイだった。

「そんなことしたら、撮影が止まっちゃうじゃないですか! 素敵な作品の続編! 絶対に完

成させましょうよ！」

結局、事態を知っているスタッフには箝口令が敷かれ、翌日、天気の回復を待って撮影は再開した。

男子女子問わず、トイレには警備員が増やされ、誰かが使った後は隅々までチェックすることになった。

レイの楽屋にも警備員がついて、撮影村にも人員が増やされ、結果的に、かなりの厳戒態勢になった。

事情を知らないスタッフやキャストには、盗撮犯が紛れこんでいるらしいからと、嘘の情報が回された。

そして、何もないまま二日間が過ぎ、撮影スケジュールも半分が消化された時――、

プロデューサーが腹部激痛で倒れて、救急車で運ばれた。

町の病院での診断の結果、急性胃潰瘍《いかいよう》で胃に穴が開きかけていることが判明、そのまま入院になった。

「なんとまあ、彼はコレをずっと黙っていたのか……」

監督が、プロデューサーの持ち物から見つけた手紙の束を見て、呆《あき》れ果《は》てた。

ホテルの彼の部屋のスーツケースの奥底に隠されていたそれは、どう見ても脅迫状《きょうはくじょう》だった。

内容はほとんど一緒で、

『続編映画の撮影を止めろ。さもないと、お前がいろいろな女優に手を出してきたことを暴露するぞ』

そんな意味の言葉がプリントされていた。

封筒の中には、どう見てもプロデューサーが、顔にモザイクがかかった若い女性の肩を抱いて、マンションの入口に入っていく写真もあった。

消印は、古いものは半年前で、東京の郵便局だった。

新しいものは、なんと昨日だった。しかも最寄りの郵便局で、この撮影村の住所へと届いていた。

そこには、これまでのものとは違い、

『漂白剤ごときでは、こっちの本気がきちんと伝わらなかったようだな。残念だぜ。この先、人死にが出ないといいな』

そう書かれていた。

夜になって、ホテルの監督の部屋に、助監督、主演の山崎イルトと彼のマネージャー、そしてレイの代理として因幡が呼ばれ、臨時会議が開かれた。

「そりゃ警察を呼びたくない訳だよ……。あの人はまったく……」

山崎イルトがそんなことを言って、監督が、

「なるほど。山崎君は、Pの女癖のこと、知っていたんだね」

「何度も止めろって言いましたよ？　いつの日か、足元を掬《すく》われるからって」

「うんうん。スキャンダルはおろか、浮いた噂の一つもない君が言うと、説得力あるね。あ、褒《ほ》めているよ」

「どうも」

監督が、今度は因幡に訊ねる。

「ぶっちゃけた話、Pがいなくても撮影は続けられる。因幡君、君の意見を聞きたい」

「続行を希望します。ただ、レイには絶対に、このことを言わないでいただきたいです」

「ああ、もちろんそうするよ」

「聞いたら、嬉々《きき》として犯人捜しを始めてしまい、撮影に少なからず影響が出そうですので」

「そっちかい。まあ了解した。山崎君は？　——愚問だったね。じゃあこれでお開きだ。この手紙は私が預かる。金庫にでもしまっておくよ」


その日の夜中。

撮影した映像チェックのために不在の監督の部屋に、因幡が現れた。音もなく、瞬時に実体化した因幡は、金庫をマスターキーで開けて手紙の束を取り出すと、それを持って、音もなく

消えた。

翌日も撮影は順調に進み――、
午前中で、生徒達のシーンを全て撮り終えた。

槻木《つきのき》メイを含めて、二十人の若い俳優達の出番が終了――、いわゆるオールアップとなった。

学校の校庭で花束贈呈と記念撮影、そして記録用の撮影が行われた。十五歳十六歳の俳優達は、感動で泣く人もいれば、サバサバと受け取る人もいた。

レイと山崎イルトは、全員から写真撮影をせがまれ、それに応じる。

槻木《つきのき》メイは、

「レイちゃーん！　先に東京帰るのいやだー！　ねえ、試写会でまた会おうね！　絶対だよ！」

大きな体でレイに抱き付いてきて、

「むぐ！　はい！」

「残り、頑張ってね！」

「はい！」

それを終えたレイと山崎イルトは、休む間もなく、次のシーンの撮影に向かう。

今日はこの後、校舎屋上と、体育館裏の資材倉庫での撮影が予定されていた。


槻木《つきのき》メイは、警備員に会釈してから、女子トイレに入った。

個室のドアを閉め、便器の蓋にそのまま座ると、ポケットの中から、スマートフォンを取り出し、スイッチを入れた。

スマートフォンの画面に、大量の草が映った。この映像を撮っているカメラは、地面に置かれていた。

槻木《つきのき》メイが、画面を触る。左右の下に、パッドが表示される。それを指でなぞると、画面が動いた。カメラが地面から浮かび上がって、雑草の茂みを横から映した。

そして、次の瞬間、それがぐいっと傾き、

「え?」

カメラは、白い髪の男の顔を――、因幡の顔を映した。そして、真っ黒になって消えた。

ピコン。

槻木《つきのき》メイの見ている画面に、メッセージが届いた告知が表示される。

「なっ……?」

それは、自分が入れた記憶がないメッセージアプリで、

「…………」

一瞬戸惑ったが、画面を触れると、

『なるほど。今度はこのドローンを、屋上にいるレイにぶつけるつもりか。いろいろ考えてくるもんだ。感心したよ』


『なんで分かった？』

撮影村の端で、槻木《つきのき》メイがベンチに座り、スマートフォンを弄《いじ》っていた。

遠目には、撮影が終わった彼女が、バスの出発までノンビリしているようにしか見えない。

どこかにいる因幡から、手の中の画面に返事が届く。

『トイレに仕掛けられていた装置の部品を全部調べた。そして、通販ではなく、東京のラジコンショップで売られたことにたどり着き、その店の防犯カメラを見た。二ヶ月と三日前にまったく同じものを買った、お前に体格がよく似た女を見つけた。マスクをしていたが、歩き方などを映像認識ソフトに入れて、確定させた』

『嘘つけ。お前はずっと、この土地にいたはずだ。飛行機を使ったって、東京に戻っている暇なんてあるか。そして、警察でもないのに、店が防犯カメラの記録を見せてくれるものか』

『そこは俺にしかできない〝ズル〟をさせてもらった。説明は信じないと思うから省《はぶ》くが、

〝誰かがお前を売った〟とかいうことはないから安心しろ。そしてずっと――、お前を見張っていた。スマホも少々細工させてもらったぞ。何かしてくるとしたら、オールアップの後だろうとは思っていた』

『クソッタレが。地獄に落ちろ』

『ドローンを用意するとはね。機械工作は得意なんだな。レイにぶつけるつもりだったか』

『信じろとは言わないが、レイちゃんの顔に当てるつもりはなかった。腰にぶつけるつもりだった。レイちゃんに、個人的に恨みはまったくない』

『漂白剤を頭にぶっかけておいて、よく言うよ』

『あの漂白剤なら、皮膚に跡が残るほど、あるいは失明するほどは強くない』

『なんで分かる？』

『情報を信じて、自分で試したからだ』

『よくやるよ。そこまでして、この映画を止めたい理由はなんだ？』

『それは死んでも言わない』

『では聞かない』

『もう終わりか？　じゃあ、とっとと、このやりとりを持って警察に行け。そして私を逮捕してもらえ。あれ？　補導だったか？　まあどっちでもいい。私が犯人だ』

『そんなことはしない。撮影が止まってしまう。それではお前の思惑《おもわく》通りだ。そのかわり、別の質問をさせてもらうぞ。プロデューサーへの脅迫状に残っていた指紋、残念ながらハッキリとは分からなかったが、明らかにお前のとは違った。誰だ？』

因幡のスマートフォンに返事が戻ってくるまで、しばらくの間があった。

二十秒ほどして、

『脅迫状？　なんの話だ？』

『仲間はいないのか？』

『私は一人でやっている』

「ああ、クソ！　じゃあ、もう一人いるってコトか！」

因幡が呟いた瞬間、画面の中に文字が表示される。

『いったいなんの話だ？　説明しろ！』

『もういい。お前は家に帰れ。帰って全て忘れろ。じゃあな』

そのメッセージが表示されて十秒後——、

槻木《つきのき》メイの手の中で、一連のやりとりはアプリごと消滅した。

屋上でのシーンが撮り終わると、昼食休憩を挟んで、資材倉庫のシーンになる。

体育館の裏にある、車一台分ほどの広さの、ごちゃごちゃした倉庫。

台本では、レイ演じるミライが、まずは倉庫へと入っていく。それを見つけ、追いかけて、山崎イルト演じるススムが入り込み、横たわっているミライを見つける。

次の瞬間、彼女は切なそうな笑顔と共に消えてしまい、ススムはミライが生きている人間でないことを確信する。

ミライが入っていくところから、消えるところまで、手持ちカメラでワンカットで撮る予定。もちろん消えるシーンは後から合成になる。

狭い資材倉庫をそのまま使うので、万が一にも物の転倒事故が起きないように、グラウンド整備の道具や、教室修繕《しゅうぜん》用《よう》の細長い板、ラインロープ用の石灰などは、美術が事前に調べ、完全に固定してあった。レイが横になる場所には、砂袋に見える硬めのクッションが敷いてある。

何度か、ライティングと動きのチェックをして、本番へ。

レイは、最後にもう一度メイクを直してもらい、髪型と制服を整えた。映画の中で、ミライの顔や髪、制服が乱れることは一度もない。

山崎イルトは、どんどん皺《しわ》だらけになっているスーツに、さらに皺を増やしてもらった。映画が進む度に、彼の風体《ふうてい》はどんどんとやつれていく。ただし、髪や髭《ひげ》が伸びたり顔が汚れていったりする演出はしない。

「準備ＯＫです！」

「すみません！」

あちこちからそんな声が飛ぶ中、

因幡がレイへと駆けよって来た。因幡はレイの耳元で、何かを伝える。

「そうですか！　頑張ります！」

レイはそれだけ、笑顔で答えた。

因幡は一度頷《うなず》いて、レイから離れた。

本番が始まり、タブレット端末の電子カチンコが鳴らされた。

レイは、

『あははっ！』

ミライとして微笑み、声を上げ走り、倉庫へと入っていく。ススムが追いかけ、カメラが追いかけ、薄暗い室内へ――、

入らなかった。

レイが入った倉庫に、薄暗闇《うすくらやみ》の中へ入る前、入口数十センチ手前で山崎イルトの足が止まり、

そこに立ち尽くしてしまった。そのまま三秒ほど動けず、

「カット！」

当然のように声がかかり、ＮＧテイクとなった。

「どしたの。山崎君」

監督の声に、

「す、すみません……」

ただ頭を下げて謝《あやま》る山崎イルトと、暗い倉庫から何が起きたのかと顔を出すレイが、同じカメラに映った。

「じゃ、もう一回」

「はーい！」

レイは小走りで山崎イルトの脇を通り抜け、先ほどと同じポジションへ。メイクと髪型のチェックを受ける。

山崎イルトは、倉庫の中へ顔を向け、そこに右手を差し伸べた。

まるで、闇へと自分の手を伸ばすようなその行動に、スタッフは小さく首を傾《かし》げたが、彼が元のポジションに戻ってきたので、仕事に集中するために、意識の中から消し去った。

次のテイクのために画面が修正されたタブレット端末が、カメラの前へ。

そして、準備ができたと声が飛び、カチンコが鳴らされた直後、

「え！　煙！　火事！　倉庫！　ヤバイ！」

スタッフの叫び声に、全員の視線が、倉庫へと注がれる。

資材倉庫から、煙が出ていた。入口にも少し、そして、裏手はたくさん。暗い中に、明るい炎が見えて、それがゆらゆらと揺れながら、あっという間に大きくなっていく。

「誰か消せ！　いや、通報か？」

その声が、場を一瞬静かにさせた次の瞬間、
レイは、

『あははっ！』

ミライとして微笑み、声を上げ走りだした。倉庫へと入っていく。

「え？」

山崎イルトが声を上げ、レイを追いかけ、

「ちょ、待って！」

台詞にない発言をして、その二人を、カメラマンがそのまま追いかけていく。リハーサルやテイク1通りに。

そしてレイは、炎が天井まで広がり、すっかり明るくなっている倉庫の中に、

『あははは っ！』

笑いながら突入していき、煙の中に消えた。

「なっ！」

山崎イルトが追いかけて、その入口に来た時、炎が一気に燃え上がった。

その熱風で彼は足を止めるしかなく、そのまま後ろにへたり込んだ。

数秒間、レイが飛び込んだ倉庫が派手に燃え、その前で呆然とする山崎イルトの姿を、カメラがじっくりと捉《とら》えていった。


「おいちょっと！　え？　ちょっと？　消火器！　消火器ー！」

火と騒ぎが大きくなり、警備員達が消火器を持ってやって来て、さらには校舎から消火ホースが引っ張り出されてきて——、
消火活動自体はスムーズに進み、倉庫の火は消え、やがて白い湯気だけが立ち上るまでになった。倉庫は崩れずに形を保っていて、でも中は猛烈に黒焦げで、

「おいこれ……、まさか……、あの子死んじゃったんじゃ……」

誰かが恐ろしい予想を口にしたとき、

「いや待ってー！　勝手に殺さないでくださーい！」

大声で叫びながら、レイが倉庫とは反対、校舎の方から因幡と共に出てきて、その場にいる全員の驚き声と悲鳴を誘った。

「何がいったいどうなっているのかな？　レイ君」

監督が落ち着いた顔と口調で訊ね、

「それは説明します！　でも、その前に監督に質問が」

「何かな？」

「さっきのシーン、撮れましたか？」

「ああ、バッチリだよ。なかなかのアドリブだった」


監督の部屋に、家主、レイ、因幡、山崎イルトがいた。

人払いがされ、プレハブ小屋の二十メートル以内には近づくなと厳命された。

そして最後に、

「なんで私が……？」

「知らないよ。そういう指示なんだ……」

やはり怪訝《けげん》そうな助監督に連れられて、槻木《つきのき》メイが連れてこられ、入室させられ、

「うげっ！」

その顔ぶれを見て、死ぬ程嫌そうな顔をした。

「来たね。じゃあ、そこ座ってー」

監督が言って、助監督の退室と共にドアが閉められ、五人全員が、パイプイスに車座に座っ

た。

「さーて、因幡君の指示通り、役者を揃えた。話を聞こうじゃないか。説明は因幡君？　それとも、レイ君？」

監督が悠然《ゆうぜん》と切り出して、

「私の、脱出テクニックの説明は必要ですか？」

レイがまず答えた。

「いやそれは要らないかな？　でも、今度アクション映画撮るときに呼んでいい？」

「あー、ご期待に添えないかと思います。ちなみに、奥に抜け穴があるんですよ。知ってました？」

レイが嘘で答えた。実際には、炎がレイを焼く前に、因幡の力で元の世界に飛ばされ、校舎の中に戻ってきていた。

「…………。ふざけるな……！　僕が……、どれだけ恐怖を感じたか……！」

山崎イルトは、鬼の形相《ぎょうそう》で怒り声を上げて、

「でも、放火したのは山崎さんです。私は、アドリブで撮影を続けようとしただけですから、そこを怒られても困ります。怒る演技、さすがですね」

レイがサラリと返した。

「はい？」

「はい？」

山崎イルトと、槻木《つきのき》メイの言葉が完璧にシンクロして、重なって聞こえた。

「どういうことかな？」

監督の問いに、

「それはですねー！」

レイは答える。メイクも衣装もミライのままだが、中身は完全にレイだった。

「山崎さんが、中に手を振ったときに、何か着火するものを放り込んだんです。何かは分かりませんけれど！」

因幡がその脇で、

「二重構造の、小さなガラス瓶《びん》か何かでしょうね。割れて、中で液体が混じったら急激に着火するような。ヨレヨレのスーツなら、ポケットに入れていても誤魔化《ごまか》せます」

「いろいろと、なるほど。でも、そもそも、火事はなんのために？」

「撮影の妨害ですよ、もちろん。テイク1のNGも、着火するためにわざとです。倉庫は燃えて、当然撮影は止まります。結構前から、この作戦は考えていたんでしょうね」

「ほほう。山崎君が、なんで撮影を妨害しなければならないのかな？　彼もまた私と同じように、続編への意気込みに溢《あふ》れた人なんだが」

「そんな人は、妨害はしません。つまり、続編なんてほしくなかったんです。ちなみに、プロデューサーへの脅迫状も山崎さんの仕業《しわざ》です。さっき、昼食中に急いで調べてきましたが、かすかに残っていた指紋、一致しました。山崎さんなら、事情をよく知っていたから写真撮影もやりやすかったでしょう。あるいは、知り合いの女優さんに頼んだのかもしれません」

因幡は淡々と答えた。

山崎イルトは言い返さず、実質認めているようなもので、

「なんで……？　山崎さん、どうして……？」

槻木《つきのき》メイが、隣に座る男の、悲しそうな顔を見て訊ねて、

「いやお前が言うか？」

因幡が、言うのを抑《おさ》えきれなかった。そして、

「監督。女子トイレの妨害工作は、槻木《つきのき》メイがやりました」

「はあっ？」

山崎イルトの久々の声は、隣に座る少女への疑問で、

「はいそうでーす！　私の仕業でーす！　トイレに行くたんびに仕掛けたので、かなりかかりました！」

笑顔で認めた槻木《つきのき》メイに、

「なんで……？　槻木《つきのき》さん、どうして……？」

自分が言われたことと同じことを言った。

数秒の静かな時間が過ぎて、次に聞こえたのは、

「こんな続編は嫌だっ！」

外に漏れたのではないかと思えるほどの、そして演技ではない、山崎イルトの叫び声だった。

「二十メートルでは、足りなかったかな？」

因幡がボソッと言った。

「僕の思い出を！　美しい思い出を！　汚されたくなかった！」

「山崎さん……」

レイが、冷静に山崎イルトを見据《みす》えながら、訊ねる。

「あなたは、河葉サチさんと好き合っていたんじゃないですか……？　映画の撮影の後に。あるいは途中から」

「ああそうだ！」

即答だった。

「僕たちは、映画の中のように、魂で結ばれたんだ！　ススムとミライではなく、イルトとサチは！　お互い十八歳になっても未婚だったら結婚しようと、誓い合った！　それなのにサチは、その後すぐに、僕の前から消えてしまった！　何も言わずに！　何も残さずに！　僕がど

れほど悲しんだか！　絶望したか！　あれからずっと、時が止まったような毎日なんだ！　歳だけ取って、何も変わっていない自分がいるんだ！　別人を演じているときだけ、悲しい現実を忘れられるけど！　それ以外は、何もできないまま、何も見えない暗闇に取り残されたような時間が続いているんだ！　――でも、美しい二人の過去は、あの映画は、この世界に残った！　あの映画を観ていれば、僕はサチと一緒にいられた！　どうにか、生きていられた……」

「山崎さん……」

槻木《つきのき》メイの大きな目から、スーッと涙が二筋流れて、

「おい、ちょっと、廊下側最後列女子――、じゃなくて、槻木《つきのき》」

監督が、立ち上がりながら言った。

槻木《つきのき》メイの前にしゃがむと、両手を彼女の顔に伸ばして、頬《ほほ》に触れる直前で止めて、派手な化粧をした、今涙で少し乱れたその顔を、正面から覗き込んだ。

「お前……、サチの娘だろ？」

「は？」

山崎イルトの間抜けな声に、

「そうです……。分かりますか……？　監督」

「すぐに分からずにスマンかった。今分かった。お前、泣き方、カーチャンそっくりだな」

「えへへ」

槻木《つきのき》メイが、泣きながら笑って、

「ママにもよく言われます！」

「なんだと……？　え？　ああ？」

因幡が、狼狽《ろうばい》する山崎イルトに、冷酷に言い放つ。

「算数くらい、できますよね？」

「…………」

無言のまま、山崎イルトがふらりと立ち上がり、監督が退《ひ》いた場所へ、ペタンと座り込んだ。

「君は……、僕の……、娘……、なのか……？」

「あー、違うって言いてー！」

ぶるんと涙を振るって、槻木《つきのき》メイが、半泣きの男を睥睨《へいげい》する。

「マジ言いたい」

「そうなのか……？」

「みなまで言わせんなボケ。お前が俳優じゃなかったら、顔を蹴っ飛ばしていたぞ？」

「サチは今——、げほっ！」

槻木《つきのき》メイが、山崎イルトの鳩尾《みぞおち》にかなり強烈な蹴《け》りを食らせて、

「顔は許した！　——ママか？　元気じゃ！　ピンピンしてるよ！　お前の知らない国でな！

でな、時々見てるんだよ！　『とある恋の話』をな！　楽しそうにな！　幸せそうにな！」

「………………」

「なんでママが、身重の身で親戚のツテを頼って国外に逃げたか、言わなくても分かるだろうけど、言うぞ。お前の経歴に傷が付くからだよ！　だからママは、本当に好きだった相手と別れた！　今度から、地球の裏側に足を向けるんじゃねえぞ！　つーか、もう今日からずっと、逆立ちして歩け！」

「分かった、そうするよ……、逆立ちは……、得意なんだ……」

顔を上げた山崎イルトは、涙と鼻水でぐしゃぐしゃの顔をしていて、

「キモっ！」

槻木《つきのき》メイが顔を背《そむ》けた。

レイが、彼女に訊ねる。

「続編を止めたかったのは、お母さんのためですか？」

「いや違う！　ママはたぶん、なんとも思ってない！　私が嫌だったんだ！　こんな続編、マジであり得ないから！　いや、制作陣の努力は認めるよ！　それに、レイちゃんのそっくりさもね！　若い頃のママかと思ったよ！　でも、やっぱりヤだったんだよ。理屈じゃなくね」

槻木《つきのき》メイは、泣いている男をチラリと見てから、

「まさか、同じ気持ちだったとは思わなかったけどね……。やれやれ、泣くつもりなんて、な

かったんだけどな。あーあ、ムカつく！　もう一発、蹴っていい？」

「顔以外な——」

ごすっ、と音がして、二発目の蹴りが山崎イルトの鳩尾にめり込んで、

「うぐ……。ぐぐ、はは……」

彼は床に倒れて、どこか嬉《うれ》しそうに悶《もだ》えた。

「あー、スッキリした！」

「なあ、槻木《つきのき》メイ君」

「なんですかー？　監督」

「今度、アクション映画に出ないか？　君の演技とアクション、撮ってみたい」

「えー！　いいんですかー！　出ます出ます！　出させてください！　光栄です！　アクション大好き！　得意ですよー！」

「おっけー、おっけー。東京に戻ったら、事務所においで。場所は分かる？」

「もちろんです！」

「じゃあ、未来の約束ができたところで、今日のところはお引き取り願おうかな。ちょうどいいから、そこにいる、生物学上の父親も持っていって」

「えー？　まあ、監督の頼みならしょうがないですねー」

槻木《つきのき》メイはそう言うと、スーツの首根っこをむんずと摑《つか》み、

「ホラ立つ！　歩く！　足付いてんだろ？」

山崎イルトはゆっくりと立ち上がると、涙と鼻水と涎《よだれ》で濡れた酷い顔を、自分のハンカチでふいて、

「サチに会いたい。連れて行ってほしい」

「会ってどうするのさ？」

「僕はバカだった。バカだから、彼女を傷付けた上に、背負わせてしまった……」

「そうだなバカ。で？　会ってどうする？」

山崎イルトが、スーツの内ポケットから、一本のシャープペンシルを取り出す。

赤いそれは、十六年の歳月でくすんでいた。

彼は、右手の指でくるりと回すと、

「俺は――、未来に進む」


「なんだよクセえな。すかしたイケメンで決めゼリフとか、俳優かよ」

「俳優だよ。でも、もう辞めてもいい」

「もったいねえだろうがバカ！」

そんな会話と共にドアから出て行った二人を見送って、

「……二人とも、頑張って……」

レイが小さく言葉を贈った。

＊　＊　＊

「えー！　映画は？　どうなったん？」

そこまでの話を聞いた社長に大声で聞かれて、

「ふっふっふ！」

白い制服姿のレイが、不敵な微笑みを見せる。

「そのあと無事に撮り終えましたー！　漂白剤のことは、槻木《つきのき》メイさんから、改めて謝られましたけど、もちろん笑って許しましたよ！　倉庫の火事の件は、失火事故ということになりました。まあ、ちょっと、いやかなり、プロデューサーさんが警察と消防に怒られたみたいですけど！　山崎イルトさんも落ち着いて、その後の演技は凄かったですよ！」

「そうかー。でも彼、その前とその後じゃ、違いすぎなかった？」

「社長、分かります？　さすがです！」

「まあ、私くらいの社長になるとねー。で？」

「でも監督が、まあそれもアリだなと。結局、台本通りに撮り終わって、学校が壊されるシーンを撮ってクランクアップして、まあ私はそこは見られなかったんですけど。今は因幡さんが、公開後の世界に行っています！」

「なるほどー。感想を聞きたいね」

「ですね。あ、一つ訂正です！　今私、台本通りと言いましたけど違います。ミライが燃える倉庫に飛び込んでいくシーンに、変更になりました！」

「レイのアドリブ！　やるー！」

「いやはや。やっちゃうもんですねえ」

「でもこれで、アドリブ魔になっちゃやダメよん？」

「なりませんなりません！」

レイが全力で否定したところに、因幡が戻ってきた。

ソファーに座り、開口一番、

「映画は公開されて、賛否両論ありましたが、概《おおむ》ね評判はいいようです」

「やった！」

レイの笑顔を生んだ。

「データ、もらってきたよねえ？」

「はい。コッソリと。観ましょうか？」

「その前に因幡さん！」

レイが手を伸ばして止めて、

「お二人は――、いえ、あの家族はどうなりましたか？」

「槻木《つきのき》メイの話を聞いた監督からの又聞きだが――」

「いいです！」

「山崎イルトは、外国で河葉サチと会ったそうだ。どんな話をしたかは分からない」

「ふむふむ」

「そして、全てを公表する決断をした。河葉サチも日本に戻り、山崎イルトと結婚し一緒に暮らす。娘のことも発表する。ただ、過去の美しい恋愛の話とは言え、スキャンダルはスキャンダルだ。この映画の宣伝には使いたくないからと、公開が終わってから行うそうだが」

「素晴らしいニュースです。ありがとうございます！　よかったあ……」

レイが胸の前で手を組み、目を閉じ、しばし感慨《かんがい》に浸《ひた》った。

それから、因幡へと嬉しそうな顔を向けた。

「つまり今回は、私が単に似ているから映画に出るだけではなく――、この問題を解決することが一番重要な仕事だったんですね！」

「ん？」

「どなたの依頼かなと思ったんですが、山崎イルトさんや槻木《つきのき》メイさん、のワケはないですから……、監督も違うと思うし……、消去法で、河葉サチさんじゃないですか？　彼女があの二人の、愛する人達の暴走を予想して、それをコッソリと止めてほしくて！　そして、家族がまた一つになれるように！　因幡さんがその願いを感知して、解決を申し出たんですね！　そして、全てをまるく収めて無事解決！　――いやー、並行世界から来た私にしかできない、素晴らしいお仕事でした！」

「ああ……。そうか……。まあ、そういうことにしておくか」

「え……？」

レイが目を瞬《しばたた》いて、

「違うの？　因幡っち？」

社長が訊ねた。

「違います。単に似ているから、出演を依頼されただけです」

「なんとー！」

答えを聞いて、社長が楽しそうに声を上げた。

「で、では……、〝撮影の妨害を、体を張って阻止《そし》〟とか、〝あの家族の問題の解決〟とか、〝全部外部にバレないように処理する〟とかは……？」

レイが身を乗り出して、

「偶然だ」

因幡は首を横に振った。

「えっと……、すみません……、どのへんが、偶然でしたか……？」

「全部だ」

「え？　——全部ですか？」

「まったく全部だ」

「えー！」

おしまい

第十四話
「勇者と魔女と王様と」
―Call of/for the Witch―

第十四話「勇者と魔女と王様と」

― Call of/for the Witch ―

青い青い空の下、広い広い大地に、ステージがあった。

暑くも寒くもない空気の中、石と砂の大地に、幅が百メートルほどの川があった。そのまま飲めそうなほど清らかな水が、浅く静かに流れている。

その川の中洲《なかす》に、巨大な岩が鎮座《ちんざ》していた。

天辺がほとんど平らな、まるで切り株のような一枚岩だった。高さ三十メートル、直径は二十メートルほど。

何十億年も前に地中で冷え固まり、何千年か前に地表に現れ、以後ずっと、川の流れがどんなに激しくなってもその場で耐えた巨石は、ちょっとした小山のように聳《そび》えていた。

岩の平らな頂上をステージにして、

「まだまだ歌うぞー！　みんなー、付いてこられるかー！　私の歌を、聴けーっ！」

白いステージ衣装で、レイがマイクで叫ぶ。

その声は増幅されて、岩の四隅に置かれた、トラックほどの大きさがある超巨大スピーカーから、世界を振動させていく。

その声を聞くのは、川の両側に陣取る、数万の生物。

南北に流れる川の西側には、人間がいた。

鎧《よろい》を着て槍《やり》や剣を持った人間達が、大地を埋めるように集まっている。

川の東側には、モンスター達がいた。

ゴブリンやオーク、獣人《じゅうじん》やゾンビなどの二足歩行モンスターから、牛や馬などの動物にしか見えないが、意思の疎通を図れるモンスターなど、多種多様な人外達が、こちらもひしめき合っていた。

そして、

「次は、ロックチューンだ！　それが何か分からなくてもいいから！　みんな、ノって！」

巨大スピーカーからエレキギターの激しい前奏が流れ出すと、群衆は興奮し叫び踊り出す。

そこに、レイの澄んだボーカルで、パンチを効かせた歌が加わり、あっという間にボルテージを上げて、狂乱の騒ぎとなった。

人間達は邪魔《じゃま》な武器を放り出して盛り上がり、叫び踊る。

川の反対側のモンスター達もまたしかりで、豪快に暴れるので隣の仲間を吹っ飛ばしたりするが、誰も気にしていない。

レイが歌いながらくるりと回転して、その笑顔が向いた方が、一斉に沸《わ》きたち、背中を見せた方が悲しげな表情を送ってくる。

そんな悲嘆顔も、レイが踵《きびす》を返すと一瞬で切り替わる。

レイが歌いながらステージを歩くと、ステージに近い方から歓声が上がり、川を挟《はさ》んで少し静かになり、また対岸で盛り上がりが始まる。ハードに歌って踊って汗を飛ばすレイを、ウェーブが追いかけていくようだった。

川の左右合わせて数万の観客が、熱狂し興奮し、ある者は血流が滞《とどこお》りすぎて気絶し、その歌は終わった。

「ふうっ！」

レイがステージの上で、一個だけ置いてある椅子に座った。音楽が止まった。

「はっ！　俺達は何をやっているんだ！　今日こそ、憎きモンスターを滅ぼすんじゃないのか？」

「はっ！　俺達は何をやっているんだ！　今日こそ、憎き人間を滅ぼすんじゃないのか？」

それぞれの集団の中で、誰かが言った。

椅子の下に置いてあったドリンクを飲んだレイは、視界に入った人間達が、武器を手に川を

渡ろうとしている様子に気付いて、

「ああ、またっ！　もう！」

立ち上がりながら声を上げた。

百八十度振り返ると、モンスター側も人間達に負けじと不気味な雄叫《おたけ》びをあげていて、

「戦争するなバカ！　私の歌を聴けって、言ってるでしょうがっ！」

レイはマイクで叫んだ。

「因幡さん、なんでもいいから！　次の曲をお願いします！」

＊　＊　＊

都会の片隅に、その小さな小さな芸能事務所はあった。

私鉄の駅前にある、間違いなく昭和に建てられたであろう細い雑居ビル。いかがわしい店が看板を並べる中、その三階を借りていた。

狭いエレベーターホールの前には、

『有栖川芸能事務所』

そう書かれた小さなプレートがぶら下がっていて、そのドアの先に、応接室と事務室を一緒くたにしたような部屋がある。

隣には磨りガラス窓で仕切られた部屋があって、『社長室』のプレートがあった。

その応接室で――、

「異世界で歌ですか！　行きます！　やります！　歌います！」

この事務所に所属する十五歳の女子高生が――、ユキノ・レイが、両手の拳を握りしめて、仕事依頼を快諾《かいだく》していた。

レイはいつもの、白いワンピースの、右胸の位置に大きな青いリボンが目立つ制服を着て、腰まである長い黒髪をカチューシャで留めていた。

彼女が座るソファーの左脇には、この芸能事務所の、四十代と公表しているがそれよりグッと若く見える女社長が座っていて、

「よし、行ってこいレイ！」

「ハイ！」

立ち上がったレイと社長を見ながら、

「二人とも、内容は聞かなくても？」

対面に座る、仕事を持ってきたマネージャーの男が訊ね返した。

男は紺色のスーツ姿で、背丈は百五十五センチほどと小柄。真っ白な髪が特徴的で、大きな双眸も相俟って、外国人の少年のように見えた。

シュッと座ったレイが、

「それは聞きますけど！　お断りしません！」

スッパリと返した。

「因幡さんが別の世界から持ってきた仕事なら、本当にムチャクチャでどうしようもないことはないと信じています！　その仕事に、意味はあると！」

「……俺を高く買ってくれているのは有り難いが、これは、ハードな仕事になるぞ」

「今までだって十分ハードでした！　――えっと……、それ以上ですか……？」

覗き込むように聞いたレイに、因幡が淡々と答える。

「まず、十万人近い〝人〟の前で、野外で長時間、歌うことになる」

「すごい！　嬉しいです！　望むところです！」

「人と言ったが訂正する。観客の半分は、人間ではないモンスターだ。よくある、剣と魔法のファンタジー世界の〝魔王の軍勢〟を思い描いてくれれば、それでほとんど正解だ」

「うっ――。そして……？」

「人間側と魔王側、両陣営は長らくいがみ合っていて、時に戦争をしている。そのまっただ中で、歌う事になる」

「以前の歌合戦みたいに……、今回も人間側に協力して、勝ってもらうんですか？」

「いいや。逆だ」

＊　　＊　　＊

「さあ次の曲だぞ！　戦争なんてしてる場合かー？・」

レイの絶叫と共に始まったのは、しっとりとしたバラードで、男女のスレ違いを描いた歌詞。

それでも、人間達とモンスター達は、その歌声に熱狂する。まるでパンクロックを聴くかのような盛り上がりだった。

さっき拾い上げた武器を捨てて、川に膝まで入っていた連中は、レイがよく見えるように、仲間達がいる岸へと戻っていく。

その人間側の岸に、太い丸太を組んで強固な柵《さく》が作られていて、その中にリーダーである男がいた。煌びやかな紋章を付けた金色の鎧を着て、頭に王冠を載《の》せた、六十歳ほどの男性。

反対側の岸に、巨大な象のようなモンスターの背に乗って守られて、蛸《たこ》と烏賊《いか》をミックスしたような異形《いぎょう》の、そして貫禄のある一体がいた。

両方の王様が、盛り上がる部下達と、歌うレイを遠目に見ながら、そしてバラードを聴きながら——、
まったく同じことを、周囲の部下だけにしか聞こえないように、小さく呟く。

「戦争なんてバカバカしい……」

＊　＊　＊

「〝逆〟とは？」

事務所のソファーで、レイが因幡に聞き返した。

「どちらかの陣営に加担するのではなく、戦争そのものを止めさせるために歌う」

「なるほど。〝逆〟の意味は分かりましたが……、どのように？」

因幡が、タブレット端末を取り出して、スイッチを入れてテーブルに置いた。

画面の中には、絵地図が映っていた。

地球のそれとは、明らかに違っていた。海の中にある大陸が全て、歪《いびつ》にくっついたような形をしていた。まるで、ブドウの房を上から押《お》し潰《つぶ》したようだった。

「ふむふむ」

ずっとコーヒーを飲んでいた社長が、レイに肩を寄せて画面を覗き込んだ。

「仕事に行く異世界の、世界地図です。絵地図なので細部は正確ではないですが、だいたいあっています。そして、左半分――」

因幡の指が、紅《あか》く塗られた大地を指して、

「こちらが、俺達に似た人間の住むエリアになります。反対側の青い部分が――」

コーヒーを飲み終えた社長が言葉を続ける。

「モンスターさん達ってことね」

「そうです。だいたい中央に位置する砂漠《さばく》地帯を境に、綺麗に分かれています」

「それなら、仲良く棲《す》み分《わ》ければ良いのに……」

レイが言って、

「実際、ほぼほぼそうなっている」

因幡が肯定した。

社長にも説明するので、敬語で続ける。

「この世界では、人間達とモンスター達は、それぞれのリーダーによってまとめられています。人間側は国王に。モンスター側は、〝引き継がれし偉大なる存在〟と呼ばれるボスに。これは〝魔王〟みたいなものだと思ってもらって間違いないので、ここでは魔王と呼ばせてもらいます」

「ふむふむ」

「ふむふむ」

社長とレイが、同じ言葉で頷いた。

「双方の歴代の王は、できた〝人物〟でして――、棲み分けができているのなら、お互いを滅ぼそうとする動きなど無意味だと理解しています。国王や魔王が代替わりをする際に、その教えがしっかりと受け継がれます。受け継がない人は、王冠を戴《いただ》くことはできません。国王の軍隊も、魔王の軍隊も、〝自分達の配下が勝手に戦争をしない〟ために、〝勝手に戦争を始める連中を上からの命令で押しとどめる〟ために存在しています。そしてそれは、基本的には上手《うま》くいっています」

そこまで聞いたレイがキョトンとして、

「では、どうして戦争になるんですか……？」

当然の質問を因幡にぶつけた。

「簡単に言えば——」

因幡の答えを、社長が横からひったくる。

「跳ねっ返りのバカがいるってコトでしょ？　争いを始めようとする」

「その通りです。いわゆる、〝勇者〟のせいです」

＊　＊　＊

「くそっ！　なんだこいつらは！」

人間の軍勢の中に、派手な鎧を着た若者がいた。

銀色に輝く鎧を身に纏《まと》い、真っ黒の長剣を持った逞《たくま》しい若者で、

「みんな！　こんなものを聴いている場合か！　あんな娘に気を取られている場合か！　積年の敵が！　憎き魔王軍が！　すぐ側にいるんだぞ！　魔王までが、前線に出てきているんだぞ！　この目で見えるところにいるんだぞ！」

ライブで盛り上がる周囲の熱狂に巻き込まれることなく、

「みんな！　戦え！　戦うんだ！　この忌《い》まわしい戦争を終わらせるために！　俺達の子供達が戦わなくても済むように！」

「言っても無駄よ、ルクス」

美少女が一人、若者の後ろから熱狂する人混みを割って近づいてきた。

手に古そうな杖《つえ》を持ち、真っ赤なドレスの外側にローブを羽織り、頭に山高《やまたか》の帽子を被った見目麗《みめうるわ》しい美少女だった。

整った顔を苦しげに歪《ゆが》ませて、

「あれは、魔王軍の魔法による精神攻撃……。きっと、あの聴いたことのない騒音と呪文がみんなの脳を狂わせているんだわ。私は自分の仲間達にだけ、どうにか、精神安定の防御魔法をかけることができたの……」

「そうだったのか！　ありがとう！　エイシア。くそう、薄汚い魔王軍め……。人間の心まで闘いに利用するとは！　どこまでも卑劣《ひれつ》なヤツらだ！」

「でも、私達の言う事を聞いてくれて、みんなは勇気を振り絞ってここまで来てくれた。だから、魔王軍をここまで引っ張り出せた！　これは……、チャンスよ！　悲しい闘いの歴史に終止符を打つための！　まずはあの、人間のフリをした呪術士《じゅじゅつし》を倒しましょう！」

「よし、ヨハンに命じてくれ！　やつの〝スーパー・デラックス・アーチェリー〟で隙《すき》を作れと。同時に、エイシアの風神魔法で、俺をあの上に飛ばしてくれ。あとは一発勝負だ。この愛剣〝シュバルツ・ブラック・ソード〟に、全てのパワーを乗せて斬《き》り掛《か》かる」

「たった一人で飛び込もうっていうの？　ルクス……、危険よ……」

「だが、最初で最後のチャンスだ。俺はきっと……、この攻撃をするために生まれてきたんだ。エイシア、もし失敗したら……、俺の故郷のヘルマンの丘に――」

「バカ！　一緒に帰るからね！　失敗はしない！　あなたは失敗しない！」

「分かった……。一緒に帰ろう。そして――、その時俺は……」

「ルクス……」

「いや、いい、なんでもない！　その時に言うよ。この続きを！」

「うん、待ってる！」

＊　　＊　　＊

「〃勇者〃ですか……？　それって、さっき因幡さんが言った、〃剣と魔法のファンタジー世界〃の主役……、みたいな感じですか？」

レイの問いかけに、

「まさにそれだ。話が早くて助かる」

因幡がこくりと頷いた。

「どっちの世界にも、〃敵側〃がひどく許せない連中がいる。そいつらは義憤《ぎふん》に突き動かされ、自分達が〃敵の王〃を倒してくるからと、自分達の王様に討伐遠征《とうばつえんせい》の許可を願い出る」

「その願いを、許可しなければいいのでは？」

「そうなんだが、建前上、相手側は敵だ。王様としては、それを止めてしまえば、敵側を倒す気などないことがバレてしまう。それは都合が悪い」

「はあ……」

「だから、敵側討伐遠征の許可は、すんなりと出す。そしてそんな勇者志望者は、大抵《たいてい》は最初の敵との戦闘で死ぬか負傷するか行方不明になる」

「う――」

「まあ、大軍勢の蠢《うごめ》く敵地に少数パーティーで挑むんだから当然だな。人間側を想像したかもしれないが、魔王側も同じようなものだ。〃勇者モンスター〃のパーティーが、人間のエリアに侵入して暴れ回るが、最後は人間側の大軍にすり潰されて負ける」

「なるほど……」

「でもまれに、そんな無謀《むぼう》な連中の中に、とんでもないヤツが生まれることも、ある」

「〝とんでもない〟、とは？」

「体力や剣技や魔法や武術において、常人、あるいは〝常モンスター〟離れして、猛烈に強い連中だ。――いわゆる〝主人公〟だよ」

＊　＊　＊

バラードを終えたレイは、すぐさま次の曲を歌い出した。

アカペラのサビをガツンとぶつけてから前奏が始まる、今の日本で大変に流行《はや》っている、今年を代表する一曲。

それを歌いながら、ぐるりと周囲を見渡す。

川の左右で、人々は熱狂して、争いを忘れてレイに夢中になっていて――、

＊　＊　＊

「今回、人間側にそんな〝主人公〟が現れてしまった。前例のないほど強い三人組のパーティー

だ。攻めてきたモンスター達をアッサリと撃退《げきたい》しただけではなく、今までモンスターの被害を受けてきた人々に、無駄な勇気を与えてしまった。さらにタチの悪いことに、『俺達が先陣《せんじん》を切るから、みんなついてこい！』と導いてしまった」

「うわあ……」

「おかげで、両方の王様はやりたくもない大戦争をする羽目になった。さぞ頭の痛い問題だったんだろう。俺がその世界に行った瞬間に、困っている気配を凄《すさ》まじく感じた」

「なんとまあ……。でも、そもそも、戦争をしに来て睨《にら》み合《あ》っている二つの陣営が、私の歌で盛り上がってくれるものでしょうか……？」

レイが訊ねて、

「そこは心配していない。これはまだ言っていなかったが、重要な事が一つ——。あの世界では、芸術の分野がとても遅れている。そもそも、歌というものがない世界なんだ。音楽も、簡単な打楽器くらいだな。それも、人を呼ぶときに鳴らすベル代わりだ」

「なんと！　音楽がない世界が、あるんですか……」

レイが、文字通り目を丸めた。

「数は多くないが、確実にある。その魅力にまったく気付かなければ、どれほど知的生命体が進歩しても、音楽が、あるいは他の芸術が生まれないことがある。一度生まれるきっかけを失うと、異質なものは広まらない」

そして因幡の答えを聞いて、今度は目を細めた。

「それって……、ちょっと寂しいですね……」

「レイがそう思うのは分かるが、当の本人達は、まったく気にしていないだろう。今の日本に住む俺達に、俺がとある異世界で見た〝トルットルンスケン〟がないみたいにな」

「トル……、なんですか、それ？　どんなものですか？」

「説明は、まったくできない。そして、あの世界の人間にしか、トルットルンスケンを産み出すことは不可能だ。ただ、とても素晴らしいものだ。トルットルンスケンを一度体験すると、それ無しの人生がかなり味気なく感じてしまう。俺はもう、そういうのに慣れたけどな」

「面白そうです！　ぜひ、体験したいです！」

「駄目だ。お前は、歌のない世界で今後生きていけると思うか？」

「うぐ……。無理です……。なので、やめておきます……。そして、その世界では歌がそういうものだ、ということは分かりました……」

「だから、レイは川を挟んで睨み合っている両軍に向かって派手に歌って踊れ。戦おうと集まった連中は、驚き興奮し、骨抜きになるだろう。それをきっかけにして、将来、彼等《かれら》の文化の中に歌が生まれるかもしれないが、それが主目的ではない」

「主目的でなくても、そうなるといいですね！　でも、私が今回の闘いを歌で止めても、根本的な解決はしない気がするんですが……」

「その通りだ。もう一つ、演技をしてもらうことになる。体当たりのな」

＊　＊　＊

間奏にさしかかったとき、ステージの上で、レイは見た。

人間側の川原で、何かがキラリと光ったのを。

その光った何かは、ゆっくりと上に上がり、同時に大きくなり、

「うひゃ！」

レイの足元へと飛んできた。

それは、長さが二メートルはある矢で、全て金属でできていた。

強烈な重さの金属パイプに、槍の先端のような、数十センチの長さの矢尻《やじり》がついていた。矢羽根すら金属製だった。

避けたレイのすぐ脇に、矢が当たる。包丁のような大きさの矢尻が、がりっ！　とイヤな音を立て、硬いはずの石をえぐった。一瞬置いてシャフト部分がぶつかって、派手な火花を散らした。交通事故のような、凄まじい音がした。

「あっぶない！」

人間側の川原に、身長にして二メートル半はある大男がいた。

人間離れしているが人間だった。筋肉の、特に背中と腕の発達が著《いちじる》しく、簡単な革製の服から、盛り上がりが溢れ出ていた。年齢は三十歳ほどの、顔つきは優しい男だった。

持っている弓もまた金属製で、長さが五メートル近くあった。

「勇者、〃強弓のヨハン〃よ！」

後ろから、王直属の部下である騎士が話しかける。

「外れたぞ！　お主ともあろう者が、珍しい」

「いいえ、騎士様」

ヨハンは、首をゆっくりと横に振って答える。

「当てるのが目的じゃなかったんで、これでいいのです。あとは、二人がやってくれますです。あっしは、疲れたから、ちょっと休むのです」

巨大な矢に慄《おのの》いたレイだが、間奏がもうすぐ終わるので、マイクを握り直し、笑顔を作り直す。

そんなレイへと、男が降ってきた。

「え？」

空で輝いていた太陽が、一瞬で陰った。疑問を口にしたその瞬間、レイは人間の作る影の中にいた。

「もらったああ！　《ルトランセント流究極剣技！　天地開闢《てんちかいびゃく》斬り！》」

空中で叫んだのは、鎧を全て脱ぎ捨てたルクスだった。長い剣を振りかぶり、空からまっすぐレイに向けて落ちてきた。

黒い長剣が、寸分違わずレイの中心を捉え、頭の先から胴体の下まで、一瞬で通り抜けていった。

その速度と重さが加わった威力は、レイの体を切り裂く程度では収まらず、中心から左右へと炸裂《さくれつ》させた。レイは服ごと、その世界で赤い霧になって消えた。

剣の勢いは止まらず、ルクスの着地と同時にステージだった岩へと命中し、数万年の風雪に耐えた硬い石に、十メートル近い長さの亀裂《きれつ》を生み出した。

「どうだあああ！」

両足が着地の衝撃に耐え、両腕が剣から伝わった反動に耐え、ルクスはすっくと立ち上がる。

そして、歌う人がいなくなったメロディが流れる中で振り返り、

「仕留めたぞおおお！」

人間側に向かって高々と剣を突き上げた。

＊　＊　＊

「もう一つの演技、とは？」

レイが訊ねた。

社長はいつの間にかソファーから立ち上がり、壁際のコーヒーメーカーに新しい豆を補充していた。

「その勇者に、レイはやられる」

「やられちゃうんですか？」

「そうだ。勇者は歌に惑《まど》わされず、人々を惑わすレイを必ず倒しにくるだろう。そして、漫画やアニメのキャラクターのように強いから、レイは倒されるだろう」

「うえ……。いや、まあ、異世界では私は死んでも死にませんから良いですけど、できるだけバッサリと倒して欲しいです……」

「期待しよう」

「期待します。そして、そのあとは……？」

＊　＊　＊

レイが倒されて数秒後、音楽が止まった。

突然静かになった世界で、しばらくは人間とモンスターが余韻《よいん》で興奮している声が響いたが、それもすぐに収まった。

ステージの上で、ルクスが叫ぶ。

「我は勇者ルクス！　魔王軍を倒すために、皆をこの地に導いた！　幻惑《げんわく》の魔女は消えた！　今こそ戦う時だ！　さあ、勇気を持って川を渡れ！　争いのない、新しい時代を作るために！」

ルクスのよく通る声が、エイシアの風の魔法の助けも借りて全員の耳に届いて、彼等が雄叫びを上げるために大きく息を吸った瞬間――、

「それじゃあ、アンコール！　いっちゃうぞー！」

レイの脳天気な声と、底抜けに明るいイントロが流れ始めた。

「はっ！」

ルクスが振り向いて、

「な、んだと……」

目の前で、とびっきり可愛いポーズを取っているレイと目があった。

「えい！」

ばちこん。

音が聞こえそうなウインクをされた。

始まったのは、往年のアイドルソング。

可愛さだけをとにかく全力で押し出した、キュートでポップでショーワなナンバー。

「イエイ、イエイ、イエイ！」

前奏の間に、オリジナル歌手もやっていない掛け声を入れるレイを、

「おのれ！　悪魔が！」

ルクスが黒い長剣を横殴《よこなぐ》りに振るった。

レイの体が上下に赤く弾けて消えて、

「イエイ！　フッツフー！」

次の刹那《せつな》、数メートル脇で復活した。

「な……」

呆然とするルクスの前で、レイはキュートに歌いながら踊り出す。

歌詞の内容は、恋とか愛とか、好きとか嫌いとか。

川へと押しかけてきた人間の集団が、そしてそれを迎え撃とうと構えていた魔王軍が、再び骨抜きの状態へと瞬時に変化して、

「なんだお前は！　なんなんだあああ！」

狂乱しながら、ルクスは我武者羅《がむしゃら》に剣を振るい、何人ものレイを一刀のもとに斬り倒した。

そのたびにレイはすぐ近くに復活して、そしてまた、ルクスに切り倒される。

消えた次の瞬間に復活するレイの姿は、まるでヴァーチャルアイドルのステージ演出のようで、暖まったその場を一層盛り上げる効果しかなかった。可愛らしい歌声は、一瞬も途切れなかった。

「ああ……」

とうとう剣を振るうことさえ止めたルクスの元へ、エイシアが魔法で鷹《たか》のように飛んできて、その体を抱き留めると同時にステージから強引に退場させていく。

そして、誰にも邪魔されなくなったレイが、アイドルソングを歌いきって、

「ふう！　楽しい！」

顔から汗を煌めかせて、マイクで叫ぶ。

「どうした！　私の邪魔をするヤツは、もういないかーっ？」

＊　＊　＊

「頃合いになったら、レイは両軍を挑発しろ」

「すると？」

「両方の王様が、話を合わせてくれる」

＊　＊　＊

「総員に通達！　この場より撤退する！」

陣地で、国王が椅子から立ち上がりながら、よく通る声で言った。

その命令が、人間達へと旗で伝わっていく。

国王の足元に、空を飛んで戻ってきたエイシアと、その荷物になっていたルクスがやって来た。そしてヨハンが、地響きを立てて走ってきた。

同時に、

「敵側も撤退していきます！」

部下からの報告が届いた。

「陛下！　私達は、まだやれます……」

足元で跪《ひざまず》いたルクスの弱々しい声を聞いて、

「ならん！　今ここで、お主達三人をむざむざと死なせるわけにはいかん！　万が一にもそんなことになってしまったら、悔やんでも悔やみ切れん！」

国王は、そう綺麗事の前置きをしてから、

「引くのだ！」

ずっと前からコイツ等に言いたかった台詞を、嬉しそうな顔を隠しながら言った。

そして、

「あの魔女は恐ろしい。大軍を一瞬で骨抜きにしてしまった。果たして敵か味方か……。我々は、あやつの正体を探り、その対策を練らねばならぬ。それには、ひょっとしたら何年もかかるかもしれない。しかし耐えろ。耐えねば我々の勝利はない。分かってくれるな……？　勇者よ」

「はい……。陛下……」

そして国王は、にっこりと微笑みながら、ルクスとエイシアとヨハンへ、言葉を贈る。

「お主達三人は、今回、素晴らしい功労者だ。思えば、あの夏の日に王城を出てから、休む間もない闘いの毎日だったな。ご苦労だった。今まで、碌《ろく》に労《いたわ》ることもできなかった我が身を恥じよう。しばし、我の元で羽を休めよ。一度ゆっくりと、王城で酒でも酌《く》み交《か》わそうではないか」

「もったいないお言葉です……」

そう言って伏すルクスと、それに倣《なら》う二人の背中を見ながら、

「さぞ美味であろう」

国王は微笑みを崩さずに言った。

＊　＊　＊

「とまあ、このような計画で仕事を進めたいと思います。よろしいですか？」

因幡が、熱々のコーヒーを注いで持ってきた社長に顔を向けて、

「よろしいよろしい！　大変によろしい！　その世界を、引っ掻き回してきなさいな！　もちろん、報酬は双方からタンマリと」

「了解しました」

「だとすると……」

レイが、コーヒーカップを手に、口を付けずに疑問を呈する。

「また、飛び抜けて強い勇者さんが活躍する度《たび》に、私は行くことになりますか？」

「それは、ない」

因幡が即答したので、

「どうして？」

レイもすぐさま訊ねた。チラリとレイを見て、因幡が訊ねる。

「気持ちよくない話だが、聞くか？」

「…………。聞きます！」

「ならば言うが――、一度、恐ろしい魔女を印象づけてしまえば、その後には実際に出る必要はない。伝承されていくからだ。それでも、空気の読めない勇者が今後現れたら、両方の王様は、早い段階で謀殺《ぼうさつ》してしまう予定だ」

「う――。謀殺って……、油断を突いて殺してしまう、ってコトですよね……？」

「そうだ。酒でも飲ませて寝たところを、一斉に襲うのだろう。残酷な話だが、やる必要のない戦争になるよりはずっといい。そして――」

「そして？」

「〝魔女に殺された〟と発表すれば、誰も疑わない」

おしまい

第十五話
「世のため人のため」
—For Your Tomorrow—

第十五話「世のため人のため」
―For Your Tomorrow―


都会の片隅に、その小さな小さな芸能事務所はあった。

私鉄の駅前にある、間違いなく昭和に建てられたであろう細い雑居ビル。いかがわしい店が看板を並べる中、その三階を借りていた。

狭いエレベーターホールの前には、

『有栖川芸能事務所』

そう書かれた小さなプレートがぶら下がっていて、そのドアの先に、応接室と事務室を一緒くたにしたような部屋がある。

隣には磨りガラス窓で仕切られた部屋があって、『社長室』のプレートがあった。

その応接室で――、
この事務所に所属する十五歳の女子高生が、ソファーに深く座り、壁のテレビでアクション映画を観ていた。

白いワンピースの、右胸の位置に大きな青いリボンが目立つ制服を着て、腰まである長い黒髪をカチューシャで留めていた。

大きな壁掛けテレビの中では、外国の映画が流れていた。黒い髭と黒い長髪のアクション俳優が、大きな建物の中で、襲い来るマフィアの部下共を次々と撃っていった。

まるで踊っているかのような動きで、主役は拳銃を連射する。相手は倒れる。そしてまた次の敵が現れて、銃声が響く。

勢いのいい音楽と相俟って、戦闘がまるで集団舞踊のような美しいシーンになっていた。

「うーん……」

「何を唸《うな》っておるのかね？　レイ」

突然ソファーの後ろから話しかけられて、

「うひゃ！」

レイと呼ばれた少女は小さくソファーの上で撥《は》ねて、リモコンで映画を一時停止させ、振り向いた。

そこには、この芸能事務所の、四十代と公表しているがそれよりグッと若く見える女社長がしゃがんでいた。

「しゃ、社長……。いたんですか……？」

レイが、幽霊でも見るような表情で訊ねて、

「うん!」

社長は、遠足にでも行くような表情で答えた。

「い、いつから……?」

「ついさっきだよ。主人公が、奪われた車を、単身実力で取り返しに行くシーンくらいかな」

「冒頭じゃないですかー!」

「いやあ、集中力が凄《すご》いねレイ。私ときどき、後ろで踊ったりコーヒー飲んだりしていたんだけど」

「そうだったんですか! 言ってくれれば、入れたのに!」

「邪魔したくなかったから言わなかったんだよー。でもまあ、唸ったのはナンデかと気になってしまってね、とうとう声をかけてしまったのだ」

「それはですね――、あ、社長、座ってください」

「ほんじゃ失礼して」

レイとテーブルを挟んだ反対側のソファーに、社長がどっかりと座り、

「それは?」

「それはですね、アクションが凄い映画じゃないですか。これを俳優さんが、主役も、やられ役の人も、演技とはいえこれほど見事に行うのって、本当に凄いなあって。求められても、私

に、こういう仕事できるのかなあ……？　って」

「なんと、単純な感心かー！」

「えー、なんだと思ったんですか……？」

「『アクションがアンリアル！』とか、『その銃弾食らって、人間そうは倒れないだろう！』とか」

「マニアックすぎますー！」

「オッケーオッケー。仕事に絡んで悩むコトはいいコトだ！　じゃあ、続きを見ようか」

映画が続編への〝引き〟で終わったあと、

「面白かったです！　パート3はまた次回にでも」

レイが新しいコーヒーを作るために席を立った。彼女のコーヒーは一口も飲まれず、テーブルの上で冷たくなっていた。

壁際のコーヒーメーカーで手際よく作業するレイに、社長が訊ねる。

「アクション映画、やってみたい？」

「はい、挑戦してみたいです。怪我をするのが少し怖いですけど、異世界や並行世界なら、戻ってくれれば治っているので――、って改めて考えると、ちょっとズルいですよね、私」

レイが笑顔で首を傾げて、

「持っている能力を使うことがズルいというのなら、イエス！　ズルい！」

「あはは」

「でもオッケー。私だってさ、自分のところの演者が怪我して俳優業を断念するとか、考えたくないからね」

「ですよねー」

「そんで、結局演技って、いや、全ての仕事って、重要なのは〝人の役に立つか？〟ってことだからね。どんなにズルしようが、結果的に多くの人の為になれば、結果オーライ！」

「結果が全てなんですねえ……」

「イエス！　レイのおかげで誰かがハッピーになること！　それが一番大事！」

社長が満面の笑みで返したとき、

「因幡、戻りました」

紺色のスーツ姿の男が、事務所に入ってきた。

身長百五十五センチと小柄で、短い髪は全て真っ白。まるで外国人の少年のように見えた。

「お帰りなさい、因幡さん」

レイが答え、

「おっかえりー、因幡。――って、浮かない顔だねぇ」

ほぼ仏頂面《ぶっちょうづら》の、つまりは普段通りに見える因幡に向けて社長が言って、

「ああ、分かりますか。浮きませんね」

因幡は静かに肯定した。レイが首を傾げる。

「社長……、分かるんですか……？」

「まあ、付き合い長いからねー」

そして、

「何があったん？　行った世界で、仕事ゲットできなかった？　大丈夫、また別の世界に行けば、何かあるさ。因幡は、困っている人を見つけるセンサーがあるんだから」

「あ、いえ……。そうではなく、誰も困っていなかったんです、まだ。行っていた並行世界で、久々にアレがあったんです」

社長が表情を曇《くも》らせた。さっきまでのトーンを十分の一にして、

「ああ、アレかー……。まあ、アレはしゃーないよ……。しゃーないことなんだよ」

「ですよね」

二人だけが分かる会話に、レイが首を突っ込む。

「アレとは？　教えてほしいです！　ひょっとしたら、無理かもしれませんが、私に何かできるかもしれません！」

「うーん」

社長は腕を組んで首を傾げ、

「無理だと思うけど、レイが知りたいのなら教えるよー。ただ、あんまり気持ちがいい話じゃないよ?」

「う……。訊《き》いてしまった以上は、聞きます!」

「わーった。アレってのはね――」

＊　＊　＊

２０２３年12月18日。12時04分。

「運転手さん、その坂の一番上でバスを停めてください。さもないと――」

ぱん!

狭い車内に銃声が響いて、フロントガラスに、小さな穴が一つ開いた。

「うひっ!」

三十過ぎの男性運転手が顔を左に捻《ひね》り、自分の見たものが信じられない様子で目を見開き、それから進行方向へと顔を戻した。

そしてまた、見た。

目が合った相手が、

「さもないと、遠慮なくぶっ放しますよ?」

そう言うと共にもう一発、銃声が響いた。

白い制服姿のレイが握る拳銃から弾丸が発射されて、フロントガラスにもう一つ、穴を追加で開けた。

大型の高速バス、その前方出入り口手前のステップの位置にレイは立っていて、右手には小さな回転式拳銃を持っている。日本の警察官が使う、M３６０Ｊサクラと呼ばれるリボルバーで、

「坂の頂上で、停止をお願いします」

銃口は前に向けたまま、運転手へと丁寧な口調で頼んだ。

青い空の下で、青い海の上で、バスは橋の上を走っていた。

東京湾横断道路、通称アクアライン。神奈川《かながわ》県と千葉《ちば》県を結んでいるが、神奈川県側の半分はトンネルで、千葉県側の半分は海の上の橋になっている。

片側二車線の橋は、下を船に通行させるために、一部が大きく盛り上がっていた。海ほたるサービスエリアの先、トンネルの出口付近からずっと上り坂になっている。

バスはその上り坂の途中から速度を徐々に落とし、

「いいですね。運転手さん、ありがとうございます」

レイは丁寧に礼を言った。

「お、お嬢さん……、一体、何を考えて——」

銃声が再び響いて、三つ目の穴が開いた。

「はい、すみません、バス停めますねー。今、停めますねー」

運転手が恐怖で笑顔になって、バスをゆっくりと左側の路側帯に止めた。

流れの速い空いている高速道路で突然バスが止まったので、後ろのトラックがクラクションを鳴らしながら通り過ぎていった。

「バカ野郎！　こんなところで停まるやつがいるか！」

トラックの運転手はただ怒るだけで、バスの後部表示板に出た、

『ＳＯＳ』

の三文字には気付かなかった。


バスの中には、レイ以外に五人の乗客がいた。

仕事中か出張帰りか、灰色スーツ姿の中年の男性が一人。

銀座《ぎんざ》への買い物帰りのような、身なりの整った初老の女性が一人。

遊びに行くような格好の若い女性が、肩を並べて二人。

そして最後列に、白い髪の小柄な男が一人。

「全員そこから動かないでくださーい！」

レイが言って、直後に拳銃を撃つ。

今度は車体側面、乗降ドアのガラスに小さな穴が開いた。弾丸はガラスを通り抜けて、海に落ちて消えた。

レイは四発目を撃った拳銃を右手に持ったまま、肩に提《さ》げたショルダーバッグに左手を突っ込み、全く同じ拳銃をもう一つ取り出す。

無造作に五発目を、左脇の誰もいない海へと撃ったレイは、その拳銃を右手から放り投げて、

「弾切れです！　でも次のがあります！　鞄《かばん》には、まだ五丁あります！」

新しい一丁を右手で握り直した。

そして、その様子を見て完全に固まっていた運転手に、

「さて、運転手さん、警察に通報をお願いします。女の子にバスジャックされたぞ、って！」


12時34分。

『番組の途中ですが、臨時ニュースをお伝えします。本日昼頃、羽田《はねだ》空港発鴨川《かもがわ》行きの高速バスが、拳銃を持ったじょ――、拳銃を持った女子高生にバスジャックされたとの一報が入りました……』

その世界の、つまり並行世界の日本で報道番組が始まり、

《はぁあ！　なんだそりゃ……？》
《女子高生バスジャック？》
《アナウンサー、何と間違えたんだ？》
《エイプリルフールまではまだ三ヶ月もあるんだが！》
《他のチャンネルでも始まったぞ！　女子高生バスジャックって言ってる！　ＪＫＢＪだ！間違いない！》
《略すな。間違いないってなんだ》
《みんなに教えねば！》
いろいろなＳＮＳでは、事件を知った人達の書き込みが、連続して流れていった。

12時50分。

アクアラインは通行止めになり、上下線とも車が一切流れなくなっていた。

千葉県側の車は、橋の手前の料金所で止められていた。

神奈川県側から来た車は全て、海ほたるサービスエリアに誘導され、そこで反対車線に戻されていく。それらの車がなくなると、神奈川県側の進入口も閉鎖された。

上空では警察のヘリコプターが二機、円を描くように飛行している。

「はい、私がバスジャックをしました、ユキノ・レイと言います！　十五歳です！　現役女子高生です！」

レイが、警察と会話をしていた。

右手には拳銃を持ったまま、運転席のすぐ脇に立っている。

バスの車内は全てカーテンが引かれ、車内の様子は外からは分からないが、全ての乗客は最後部の席に集められ、静かに座っていた。

運転手は自分の業務用携帯電話を、震える手でレイに向けている。映像通話になっていて、通報先の警察官と繋《つな》がっていた。

「ちゃんと見えていますか？　いやー、バスジャックとか初めてですので、上手《じょうず》にできるか心配だったんですけど！　上手くいきました！」


「なんなんだお前は……？　何がしたいんだ……？」

レイと会話している立てこもり事件交渉担当の警官ではなく、その様子をガラス越しの隣の部屋で見聞きしている壮年の刑事が、忌々《いまいま》しそうに言った。

場所はアクアラインを渡った先にある、千葉県警の木更津《きさらづ》警察署。

部屋のドアを開けて若い刑事が入ってきて、

「拳銃の出所、判明しました！　神奈川県警川崎《かわさき》警察署の銃器保管庫から——、その……」

「ハッキリ言え！」

「はい……。今朝から十丁が紛失しているとのことです……。弾丸は、四ケース、百発分……」

「はあ？　何やってるんだっ！」

刑事が怒鳴《どな》った相手は神奈川県警に対してだったが、

「すみません！」

若い刑事が条件反射的に謝った。

「いや……、まあいい。報告を頼む」

「はい」

若い刑事が、大きく息を吸った瞬間、

「大変です！」

別の刑事が血相を変えて飛び込んできて、

「この会話がっ、ネットに中継されています！」


12時53分。

日本中で、あるいは世界においても日本語が分かる人達が、幾多もの動画配信サービスの生配信を食い入るように見ていた。

それは、運転席脇にレイが置いた数個のスマートフォンからずっと生中継されているレイの様子で、

『いやー、犯罪するのってドキドキしますねー！　さっきからおまわりさんと会話しているんですけど、もっと怒られるのかと思ったら、見ての通り、優しくて拍子抜け《ひょうしぬ》しました！　ビックリですよー！』

満面の笑顔で、右手の黒い拳銃をフリフリしながら語る女子高生の姿は、

《吃驚《びっくり》はこっちだよ！》

《この拳銃マジ？　本物？》

《間違いなく本物だ。さっき一発撃って、ガラスに穴が開いた。アレがもし特撮だったらそっちの方がスゲエよ》

《警官のピストルだってな》

《この犯人の娘、メッチャ可愛いんだけど、結婚してほしい》

《獄中結婚乙》

《いやこれ、ヘタすりゃ射殺だぞ！》

《アクアラインの橋の上は狙撃《そげき》しづらいよ。近づけないし、風も強い。それが分かってやっているとしたら相当な策士《さくし》だな》

《どこに寄付すればいいんだ？》

《アホやめとけ！》

ＳＮＳ上では、とてつもない数のコメントが発生し、なおも増殖していた。

13時00分。

「あ、おまわりさん、お昼の一時になったので一人消えてもらいますね」

交渉担当の警官が、

「はい？　ユキノ・レイさん、それは、どういうことかな？」

親身になって病状を訊ねる医者のような口調で聞いて、

「キッチリ一時間おきに、一人ずつバスから消えてもらうって、心の中で決めていたんです！　マイルールです！」

その答えに、人質を殺すのではないかと最悪の想像をして、

「ユキノさん、もう少し話そうか。私の時計だと、一時までは、あと二分位はあるよ？」

「ざっけんじゃねえ！　こっちはピッタリ時間を決めて動いているんだ！」

レイの絶叫を誘った。


13時01分。

アクアライン上空を飛んでいた警察のヘリコプターから、報告が入った。

運転手がバスから下ろされて、道路上を海ほたるサービスエリア方面へ歩き出していると。

今走り出したと。

13時04分。

「なんのためにやってる？　そりゃあ決まっているじゃないですか！　大騒ぎを起こすためですよー！」

レイは警察官とのテレビ電話を止め、ネットの中継だけで世界中に語りかけていた。

バスの中央付近にレイは座り、人質の女性三人が、自分達のスマートフォンをレイに向けて、それぞれ別のライブ配信を〝手伝って〟いる。

「みんなに注目してもらって、バズって――、あ、バズってって言葉、この世界にありますか？」

《あるよ！》

《〝この世界に〟って、なんだよ？　異世界から来たのかよ！》

《レイちゃん笑ってー！》

レイは画面に流れる大量のコメントを見て、その中の一つに答える。

「〝笑って！〟って、いいですね！　えい！　スマイル！」

レイはスマートフォンのカメラに向けて、にっこりと微笑んだ。拳銃の側面を頬に近づけて、銃口を安全な上へと向けながら。

《わーいありがとー！　その拳銃似合うね！》

13時05分。

「ふざけんなアホ共が！」

木更津警察署で、壮年の刑事が心底怒り狂っていたが、もちろんレイには分からない。

「おい！　とっとと連絡を取れ！」

通話機を介して、隣室の交渉担当の警官へと怒鳴ったが、既に何度もかけているが返答がない彼は、
うるせえ黙ってろ。

とでも言いたげな視線を無言で返した。

「ネットの生中継を止めさせろ！　今すぐ世界中のネットを切れ！」

今度は隣にいた若い刑事へと怒鳴ったが、
やれるもんならお前がやってみろ。

とでも言いたげな視線を返された。


13時09分。

バスの中で、レイが人質達と話をしていた。

より正確には、レイと因幡が、四人の人質達と話をしていた。

人質は、バスの中央に集まって座っている。レイと因幡は前方と後方の席にいて、警察が近づいてこないか見張っていた。

バスが停まっているのは、橋の一番高い位置。どちらからでも、来る車はよく見える。バスの前後三百メートルほど先で、赤色灯をつけたパトカーが数台停まっていた、さらにその数が増えていた。

スーツ姿の中年の男性が、

「いやあ、ようやるよマジで。驚いたわ」

呆れつつ感心した様子で言って、レイが答える。

「もちろんやりますよ。そのためにこの世界に来たんですから！」

「〝並行世界から来た〟ってネタ、続くの？」

「ネタじゃありませんよー！」

少し顔を膨《ふく》らませたレイを見ながら、

「まあ、どうだっていいじゃないですか。どうであっても、わたくし達には関係のないことです」

初老の女性が、ペットボトルのお茶を飲み始めた男性へと話しかけた。

「わたくし達は約束のお金がもらえたので、あとは人質になっていればいいだけです。そこのお嬢さん達も、そうなんでしょう？　理由があってやったことでしょう？」

話を振られた若い女性二人が、並んでしっかりと頷く。

その内の一人が、

「私達、家を出て一緒に住みたいんです！　でも、何も分かってくれない親に反対されて！　だから、お金が必要なんです！」

決意を秘めた目で詳細を、特に聞かれていないのに語った。

初老の女性が、

「因幡さん、あなたは本当に、困っている人を見つけるのが上手ねえ。ちなみに、わたくしは若い愛人に入れ込んで、夫に内緒で莫大《ばくだい》な借金を抱えていて、来週までに耳を揃えて返せないと全部バレて、離婚間違いなしだったのよ」

自分も言いたくなったのか、そんな事情を口にして、中年の男性がそれに乗っかる。

「こうなったら俺も言っちゃうぞ！　俺は、役場の金を十年以上ガッツリ横領していて、そろそろバレそうになっていた。バレたら離婚どころか、刑務所だな、あっははは！」

「いや、あなた、それって笑い事じゃないでしょう？」

「笑い事じゃないから笑ってるんだよ！　あっははは！　でも、因幡君から振り込んでもらったので、キッチリ誤魔化せたぜ！」

「皆さんの事情は分かりましたけど、レイさん達は？　どうせ一蓮托生《いちれんたくしょう》になったんだから、わたくし達に、この大騒ぎの理由を教えてくれないかしら？」

その問いかけに応《こた》えたのはレイではなく因幡で、

「自分から開示して相手に話させる雰囲気を作るの、お上手ですね」

まずはそんな言葉を返し、

「いいですよ。そろそろレイに始めさせます。すぐに分かりますよ」


13時12分。

《レイちゃんの中継始まったぞ!》

いくつもの生配信で、

「皆さんお元気ですか? バスジャック犯の女子高生、ユキノ・レイです!」

レイの顔と声が再び世界中に流れ始めた。

「そろそろ、犯行声明ってやつを出そうと思います! みんな、心して聞いてくださいねー!

周りの人達にも、この放送を見るように言ってください!」


13時13分。

「今から四分後、十三時十七分〇四秒に——」

レイが、ネット回線を通じて、全世界に呼びかけた。

「東京を中心として、地震が起こります!」

13時14分。

「コメントで、《ほんとー?》ってありますけど本当ですよー！　《なんで分かるのか?》って?　それはですね、私が並行世界——、よく似た別の世界から来たからです！　別の世界はたくさんあって、そこで同じように地震が起きたから、もう分かっているんです！」


13時15分。

「いや、信じてくれないのは当然ですよ！　無理もないですよ！　私だって、昔は信じていませんでしたからね！　並行世界があるなんて！　——だから、あと二分、このまま待ってください。本当に地震が来たら、みんな信じてくれますよね！　今のうちに、震度を言っておきますね。震源の東京二十三区は、ほとんど震度四です！　かなり揺れますけど、家が崩れてしまうようなことはありません！　大きなものが近くにある人は、注意してください！　千葉県、埼玉《さいたま》県、神奈川県で、震度三くらいです！　震源地は東京湾です！　でも、津波の心配はありません！」


13時16分。

「《それって、大したことないじゃん！》ってコメント、そう！　その通りです！　皆さん吃驚するとは思いますが、大被害が出る地震じゃないんですよー。緊急地震速報も流れません！　でも、あと四十秒ですよー！　皆さん、一緒に揺れましょう！」


13時17分。

木更津警察署の中で、

「イカレ女め！　クスリでもやってるのか！」

壮年の刑事が吐き捨てた瞬間、下から突き上げるような揺れが襲った。

13時17分。
《本当に来た！》
《揺れた！　マジ揺れた！》
《セーブしておけ！》
《地震より予知の方にビビった！　心臓止まるかと思った！》
《こわいやだこわい》
《くそうオレ、地方》
《これは間違いなく人工地震だ！　レイが爆発させたんだ！》
《人工地震論者は黙ってろ》

《嘘だろ……。本当に当てやがった……》
《コエエ！　なんだよあの娘！　未来から来たのかよ！》
《並行世界だって言ってたろ！》
《信じるのそんなの？》
《じゃあなんで分かるんだよ！》

13時18分。

揺れが収まったバスの中で、

「あ……。うっ、そ……、げえ……、マジ、だったの……？　並行世界……」

中年の男性がレイと因幡にたどたどしく言って、

「本当です」

「マジでした！」

因幡とレイが答えた。

「とっても驚いたけど……、でも……」

初老の女性が、ゆっくりと問いかける。

「今のこの、それほど大きくない地震を伝えるためだけに、わざわざ、こんな大きな騒ぎを起こしたんじゃや、ないわよね？」

レイはゆったりと笑って、答える。

「もちろんです！」


13時20分。

再び全世界へと、数種類の生配信を始めたレイが、

「皆さん、信じてもらえましたか？」

バスの通路に立って、全身を見せたレイは、右手に拳銃を持ったまま、真剣そのものの顔で、いくつものカメラに向かって語りかける。

「私が別の世界から来て、さっきの地震のことを分かっていたって、信じてもらえましたか？　でも、さっきの地震は、これから起きる巨大地震の予震——、前触れでしかありません。聞いてください。二日後の十二月二十日。日本時間の夜中、三時十二分四十五秒に、巨大な本震がやってきます。東京二十三区は、震度七。周辺県も震度六以上という、猛烈な地震が起きるんです。建物や道路などの詳しい被害状況は、日本の総理大臣さんと、いろいろなマスコミさん達に、お手紙を出しておきました！　ユキノ・レイから届くと思います！」

悲鳴と怒号混じりのコメントの数が多すぎて、その流れが速すぎて、最早《もはや》判別が不可能になった。

「どうか、皆さんはそれに備えてください！　多くの人が死なずにすむ方法を、皆さんが見つ

けてください！　私はただ、皆さんの努力と、幸運をお祈りしています」

最後にレイは静かに微笑んでから、消えた。

拳銃がバスの床に落ちて、鈍い音がした。

＊　＊　＊

「ただいま戻りました！　社長！」

「おっかえりー、レイ！」

事務所に戻ってきたレイを、社長が出迎えて、

「座って座って。殿、おシート、温めておきましたぞ」

ソファーの中央へと導く。

「疲れた？　怪我してない？　痛いところない？」

座ったレイの頭から足までベタベタと触る社長に、

「大丈夫です！　強いて言えば、向こうで耳が少しキンキンしました。鉄砲の音って、凄いんですね……。練習はしていきましたけど、鼓膜《こまく》が痛かったです。でも、戻ってきたらスッキリです」

「それはよかった。予定通り上手く行ったんだね」

「はい！　みんなで考えた作戦、バッチリでした！　ありがとうございます！」

「やろう、って言いだしたのはレイだよ。全部レイのおかげ。そして因幡は、いつものチェックに、またその世界に行ったんだね？」

「はい。一応、結果を見たいって」

「そっかー。コーヒーでも飲みながら待つか」

「あ、私が――」

「仕事明けだから、座ってて！」

「はい」

社長が壁際《かべぎわ》のコーヒーメーカーで手を動かし始めて、レイはぽつりと呟く。

「因幡さんは……、いろいろな並行世界で、巨大地震を何度も見てきたんですね……」

「そう。向こうに行く前に話したとおり、どんな並行世界でも、十二月十七日に小さな予震が一度あったら、十八日に震度四の揺れが起きて、二十日には震度七が来るからね。予想を通りこして、予知ができた」

「詳しくは聞きませんでしたけど……、被害も凄かったんでしょうね……」

「そう。冬の朝で、乾燥していて、火事もとんでもないことになった。信じられない数の人が、苦しみながら死んだ……、って、因幡は言っていたね。その時たまたま居てしまった因幡は――」

社長の重い口調を、レイが引きつぐ。

「たくさんの人の、助けて欲しいという願いを、一斉に浴びることになってしまったんですね……」

「そう。私は因幡の心の中は分からないけど、まあそれって、すっごくキツいよね」

「上手くいったでしょうか……？　他のやり方はなかったか、今でも気になるんです……」

「それは戻ってきた因幡に聞かないとね。ほい、コーヒー」

レイが、礼を言ってカップを受け取り、

「まだ熱いかな」

社長が対面に腰を下ろしたとき、因幡がドアを開けて入ってきた。

コーヒーを吹いて冷ましていたレイが、

「どうでしたっ？」

挨拶《あいさつ》もなしに訊ねた。

「お帰り因幡。どうなった？」

「お帰りなさい！　お疲れ様でした！　――どうなりました？」

社長の言葉を聞いてレイが聞き直し、因幡がその場に立ったまま答える。

「大変な騒動になり、特撮やトリックを散々疑われたがその可能性がゼロになって、日本政府は全部を信じた。手紙も読んでくれた」

「それでっ？」

「十五日を、《特別地震訓練の日》ということにして、首都圏を臨時の休日にした。あの世界のお偉いさん達は、フットワークが軽くて良かったよ」

「それは嬉しいです。ぐ、具体的はどんな対応を？」

「夜中の地震だから、倒壊が予想される家屋に住んでいる人達は、事前に公共の避難所に避難させた。崩れる首都高はもちろん通行止めだ。警察や消防、自衛隊を待機させた。病院などでは事前に対応して準備した。たった一日で、よくやってくれたよ」

「それでっ！　当日の被害は、最小限になったんですねっ？　因幡さんが、助けを求める人に苦しめられることは、なかったんですねっ？」

因幡は、言葉で答える代わりに、小さく微笑んだ。

「あ――」

今まで、ほとんど見たことがなかった因幡の笑みを見て、レイは全てを理解し、

「私の〝仕事〟が、〝多くの人〟の為になったんですね！　本当に良かったですっ！」

体を震わせながら叫んだ拍子に、カップの中のコーヒーが踊って、ほとんどがテーブルにこぼれた。

おしまい

第十六話
「コーヒーをあなたと」
—Coffee Break—

第十六話「コーヒーをあなたと」

― Coffee Break ―

犬達に囲まれて、

「みなさーん！　会えて嬉しいでーす！　今回の映画で、〝人間の少女〟を演じさせていただきました、ユキノ・レイでーす！」

レイがステージの上で手を振っていた。服装は、いつもの白い制服だった。

数千人は入れる映画館には、満員の観客がいた。

全員が、犬だった。

柴犬だった。

尖《とが》った鼻先と耳、つぶらな両目に、くるりと巻いた尻尾など、柴犬にしか見えない特徴の犬達がいた。

毛色は茶色が一番多いが、白が混じった黒、赤毛、耳だけ茶色い白もいる。そこも柴犬と一緒だった。

犬達は、現代の地球と変わらない服を着ていて、後ろ脚だけで綺麗に直立していて、前脚を盛んに叩いて拍手を送っている。

その振る舞いはまるで人間のそれで、

「レイちゃーん！」

「こっちむいてー！」

「かわいい！」

「ようこそー！」

口から発せられる言葉も、完全に人間のそれだった。

スラックスやスカートの後ろの穴から出ている尻尾が元気よく左右に振られている様は、人間ではなかった。

さらに、サイズは人間のおよそ半分で、立ち上がっても八十センチくらい。なので、劇場の椅子は全てそのサイズで作ってあった。

壇上にいる黒いスーツを着た黒毛の柴犬の司会者が、

「とうとう我が町にも、〝人間の銀幕スター〟たるユキノ・レイさんがやって来てくださいました！　私も皆さんと同じく大興奮で、今朝は、いつもの電柱におしっこするのも忘れたくらいです！」

そんなことを言って、俺もだ！　との声が飛んだ。

＊　　＊　　＊

「レイへのオファーは、その異世界で映画に出て、〝人間の少女〟を演じることだ」

因幡の言葉をそれだけ聞いて、事務所ソファーに座る制服姿のレイが、

「了解です！　やります！」

笑顔で快諾した。

「まだ内容を何も伝えていないんだが、いいのか？　その気概《きがい》は買うが、どんな世界で、どんな映画でどんな撮影か、分からないぞ」

因幡が訊ね、レイは即答する。

「でも、予想はできます！」

「どんなふうに？」

「まず、人間に人間を演じてほしい、ということは、その異世界は人間の世界ではないですよね。でも、皆さん人間のことを知っていて、だからこそ、人間に人間を演じてもらいたがっている。だとすると、人間へのリスペクトみたいなものはあると思うんです。あまりに危険だったり、ムチャクチャにされたりする撮影にはならないと思いました」

「全部正解だ」

因幡が表情を変えず、しかし口調には感心を乗せて言った。

レイの隣に座る社長が、ニンマリと笑いながら、

「まったく！　レイも賢《かしこ》く逞しくなったねえ！　成長成長！　嬉しい！」

「はい！　ありがとうございます！　——因幡さん、続きをお願いします」

「では言うぞ。——その異世界には、犬しかいない」

＊　＊　＊

「レイさん、もう何度も何度も何度も質問されて、答えるのも飽きてしまわれたかと思いますが、やっぱり聞かせてください！　私達の、犬だけの世界、どう思いましたか？」

黒柴の司会者が、レイの顔を見上げながら言って、

「何度も同じ答えになってしまいますが——、メチャクチャ可愛いです！　皆さん、最高です！」

うおおおお、と盛り上がる犬達へ、

「本当は皆さん全員をぎゅっとしてモフモフしたいんですが、最初に関係者の方から止められました！　お一人にしてしまうと、この世界の全員にしないと不公平だからと！　残念です！」

＊　＊　＊

「その世界の、俺達が行く惑星には、知的生命体は犬しかいない。それも全部、柴犬だ。他の犬種はいない」

因幡の言葉に、レイは再び考えた。そして答えを出す。

「人間が……、その惑星の世界を、造ったんですか？　つまり、異世界ではなく並行世界」

「正解だ。なんで分かった？」

「そうでないと、人間を知っているのが変かなと。あと、犬って人間がいなければ、オオカミのままでしたよね？」

「なるほど。――その世界の人間は、今の俺達より数百年は進んだ世界を造った。その後、何を考えたのかは分からないが、色々な動物の脳を鍛《きた》えて、人間と同じくらいの知性を与えた。二足歩行が可能なら、そうさせた。そして宇宙に進出して、開拓した惑星に、一種類ずつ運んでいった」

「では……、『犬の惑星』！」

「そういうことになる。その世界の銀河系には、人間が創った『馬の惑星』や、『狸《たぬき》の惑星』もあることだろう」

社長が、

「『土竜《もぐら》の惑星』は?」

横から割り込んで、

「あるかもしれません」

「行ってみたーい!」

「社長、モグラ好きなんですか……?」

レイが首を横に動かして訊ねて、社長は首を縦に動かした。

「わりと! 綺麗に洗ってあげると、これがなかなか可愛いよ?」

「そうなんですか! 私、モグラをちゃんと見たことがないので分かりません」

「ネットに動画があるよ見る?」

「興味あります!」

社長がテーブル脇のリモコンに手を伸ばしたところで、因幡が、

「『犬の惑星』に、話を戻していいですか?」

「おっとゴメンよー。しばらく黙っているよー」

社長が身をソファーに引いて、レイは因幡に訊ねる。

「質問です。その犬さん達は、自分達が人間に生み出されたことを知っているんですか?」

「知っている。なぜなら人間が、包み隠さず詳細に記録を残したからな。『君達は自由に生き

なさい』って文言まで。そして生活の道具も、食べ物も、完全自動化された工場が今も作り続けている。その犬達にとって、人間は自分達に知性と文化を与えた創造主ということになる。だから崇《あが》めている。『人間教』とでも呼ぶか」

「はー……。文字通り、本当に〝神様〟なんですね……」

「そして二百年ほどが経過している。犬達は、衣食住が安定しているので特に争うことも無く、その惑星でノンビリと平和に生きている。人間を真似て生活し、芸術作品を全力で造ったりしてな」

「素敵な世界ですね。楽園じゃないですか！」

「まあ、そうかもしれないな。でも——」

「でも？」

「この世界を造ったのは自分達ではないと、どこか悩みながら生きている」

＊　＊　＊

「ユキノ・レイさんにはまた後ほど、じっくりお話を伺うとして、まずは映画ですよね皆さん！最初に登壇していただいたのは、ユキノ・レイさんが現実に存在するということを証明したかったからなので！」

司会者の黒柴が仕切って、

「はい！　皆さん、また後で、映画の上映後にお会いしましょう！　感想を聞かせてくれると嬉しいです！」

レイが笑顔で手を振りながら舞台袖に引っ込み、映画の上映が始まる。

＊　＊　＊

「その映画、どんなお話なんですか？」

「台本は後で見せるが、元は十年以上前に創られた舞台喜劇だった。そのストーリーを簡単に言うと——、人間の少女が過去からタイムスリップしてきて、今の犬の惑星にやってくる。少女は、かつてのトラウマが原因で言葉を失っていた。そんな彼女が、ワケも分からず言葉を喋《しゃべ》る犬達に囲まれて、女神だと崇められて、驚き慌てて、あちこちで大騒動が起きる」

「楽しそうです！　その先は、そして、ラストはどうなるんですか？」

「犬の世界で笑顔を取り戻した彼女は、犬達と一緒に生きて行く決意をする」

「それからそれから？」

「でも、立ち直った彼女を人間の世界に戻すべきと思った犬達と、それに反対する犬達で一悶《ひともん》着《ちゃく》ある。最後は、彼女自身が戻る決断をして、去っていく。その映画の中で、レイの台詞はたった一つしかない。去り際に、『みんな、ありがとう』と言って涙を流す」

「くーっ！　感動します！」

「一見ドタバタコメディに見えて、一つのスケッチ、あるいはエピソードの中に、犬達の悩みが込められている。自分達の幸せな生活が人間に作られたという事実。その人間達が今いないという現実。犬としての本能を持ちながら、本来持っていなかった知性と共に生きている毎日などなどだ」

「はー」

「神様として崇められる少女の心情は敢《あ》えて描かず、犬達が勝手に慮《おもんぱか》ることで表現しているのも面白い。舞台の脚本家チームは、その世界の色々な学者を巻き込んで、数年かけて台本を書いたそうだ。じっくりと内容を教えてもらったが、とても奥の深い作品だと感心した。舞台は大ヒットして、ずっと上演されている」

「凄いですね……！」

「素晴らしい脚本なので、そのまま映画にしたいと思うのは当然だが、できなかった。理由はもちろん、人間を演じられる犬がいなかったからだ。舞台では、人間の形をした人形が置かれているだけだったし、台詞も、『私達はそう聞いた』で済まされていたからな。俺はたまたまその世界に行って、『人間さえいれば、この作品を歴史に残る映画にすることができるのに』という連中の願いを汲《く》み取《と》った。映画化すれば、これからは誰でも、何時《いつ》でも見ることができる」

「そうですね！」

「俺は、ずっと隠れていようと思ったし、その世界から去ろうと思った。自分が神様扱《あつか》いされるのはゴメンだからな。だけど、まさにレイのためにある仕事だと知ってしまったので、姿を現して申し出た」

「おー！　因幡さんがその世界に現れて、どうなりました？」

「まあ、それなりに大騒動になったが……、そこはいい。連中に話を振ったら、予想はしていたが、絶対にレイに演じてほしいと言ってきた」

「ああ、嬉しいです！」

「レイが出られるのなら、それを映画にするという計画だ。規模が大きいし、予定されている犬の俳優は超一流だらけ。その世界で、かつてないほどの超大作を目指している。クランクアップまで、たっぷり数ヶ月はかかるだろう。今までで一番長い仕事だが、やるか？」

「もちろんですよ！」

＊　＊　＊

三時間近い映画の上映中、レイと因幡は、野外に造られた〝楽屋〟のソファーに座っていた。

この世界にある犬サイズの部屋は全て狭いので、特別に二倍のサイズの、つまり人間用のキャンピングカーが工場で設計されて造られた。

鈍い銀色をしたアルミ地肌が剝《む》き出《だ》しで、細長い卵に車輪を付けたような形をしている。中にはソファー、キッチン、ベッド、冷暖房、トイレ、温水が出るシャワーと、シングルルームの設備が全て備わっていた。

キャンピングトレーラーと言われるタイプで、移動時には、因幡の四輪駆動車で、あるいは犬達が運転する農作業用の大型トラクターで牽引《けんいん》される。

それが、この世界で五ヶ月前のクランクインから、全国舞台挨拶行脚《あんぎゃ》中の今まで、レイの楽屋であり休憩所であり、時に宿泊所だった。

因幡の分も用意されようとしたが、四輪駆動車の中で休んだり寝たりできると、あるいはずっと寝なくても生きていけると言って断った。

「皆さん今頃、映画を楽しんでくれているでしょうね」

レイがノンビリとソファーに座って、〝ユキノ・レイさん専用！〟と書かれたマグカップからお茶を飲みながら言った。普段は犬達が飲んでいるお茶だが、人間が飲んでも十分に美味《おい》しかった。

因幡が、向かいの椅子から答える。

「観るのが何度目か分からないが、楽しんでいるだろう。あの映画は、十回見ても発見があるからな」

レイが、楽屋の壁に貼ってあるポスターを見ながら、

「すごいですね……。この世界中で、大ヒット中ですもんね……」

感慨深げに呟いた。ポスターでは、たくさんの犬達に囲まれて、不安そうな笑顔のレイが中央に写っている。

「このペースなら、今年中にでも、全人口ならぬ〝全犬口〟が観ることになるだろうな」

「本当に凄い……。そんな映画に出られて、嬉しいです！」

目を輝かせるレイに、いつものクールな視線のまま、因幡が訊ねる。

「犬の監督の要求する演技、相当にハードだったと思うが、頼まれればまたやるか？」

「もちろんですよ！　ハードなのは、お仕事をやらない理由にはならないと思うんです！」

「俺達の世界では記録も残らず、経歴も言えない——、異世界、並行世界の仕事でもか？」

因幡が、レイの目を覗き込むように聞いた。

レイはカップを覗き込み、お茶に映る自分を見て、そしてそれを揺らし、残っていた分を一気に飲み干した。

それから、

「それは、最初は少し悩みましたけど……、今は、異世界、並行世界のお仕事、とっても楽しいです！　ずっと続けたいです！　それこそ、お婆《ばあ》ちゃんになるまで！」

「そうか。ま、仕事意欲があるというのは、マネージャーとしては文句はない」

因幡が答えた。

レイは笑顔でそれに応えると、空のマグカップを手に、お湯のポットがある、キャンピングカー脇のキッチンへと向かった。

その背中を見ながら、

「それじゃ、解決しないんだよ」

因幡は小声で呟いた。

お茶を汲《く》んで戻ってきたレイが、

「すみません、因幡さん。さっき何か言いました？」

「いや。──話を変えるが、レイは、犬を飼ったことは？」

「もちろんありますよー！　私より先に家にいて、私が十歳の時に死んじゃったんですけど」

「そうか。犬種は？　名前は？」

「えっと……。えーっと……、思い出せないですね」

「そうか……」

「……………」

「でも、忘れちゃったことは仕方がないですね。過去より、これから、今と未来ですもんね！」

「私はバリバリ仕事をして、女優と歌手を、色々な世界で続ける！　目指せお婆ちゃん女優！

アンド、シンガー！」

手のマグカップからお茶が溢れて、

「うひっ！」

レイは、慌ててスカートの裾《すそ》を引いた。

お茶は、白いスカートではなく、茶色のソファーに落ちた。

「あぶなーい！」

マグカップを小さなテーブルに置いて、用意されていたティッシュペーパーでソファーを拭き始めたレイに、因幡が、焦った様子がまるでない表情で言う。

「驚かすな。制服の替えはないよな？」

「ないです！　ごめんなさい！」

丁寧にソファーを拭いてから、レイは座り直した。

「レイの制服はデザインがいいので、今回も映画にそのまま使ってしまったが——」

「まあ、この世界に人間サイズのお洋服ないですもんね！」

「高校の制服にしては、とても凝《こ》っている。デザイナーは、名のある人なのか？」

「え——？」

レイが一瞬固まって、それからフッと微笑んで言う。

「ああ……、違いますよ因幡さん。これ、高校の指定制服じゃないんです！」

「はあ？」

目を丸くした因幡に、

「おっと！」

レイの方が驚いた。

「因幡さんのそんな顔、あんまり見ないですね！」

「いや……、本気で驚いた。そうなのか？　じゃあ……、一体、なんの制服なんだ？」

「私の高校って私服通学が可能で、そもそも制服がないんです。でも、〝私服〟として好きな制服を着て通ってもいいんです。毎日私服を選ぶのが面倒で、市販の好きな制服で通っている生徒はたくさんいます。親の古いセーラー服で、なんて子も！」

「………」

「因幡さん？」

「初めて聞いたよ……」

「言ってませんでした？」

「俺の記憶が確かなら、初耳だな。そして、その制服は？」

「へへん！」

「なんで得意気なんだ？」

「友達の分も含めて、世界に数着しかない、超レア物だからです！　私のクラスに、服飾デザインと裁縫《さいほう》が得意で、将来はファッションデザイナーになりたいって子がいます。彼女が腕試しにって、材料費だけで、一から作ってくれたんです。それがあまりにも良くできていたんで、私はずっと、それを着て学校に行っているんです！」

「なるほど……。ああ……、なるほど……。それは……、絶対に……、見つからないワケだ……」

因幡が途切れ途切れに言葉を紡いで、大きく天を仰《あお》いだ。

「因幡さん？」

「いや、大きな大きな謎を解いてみれば、割とシンプルな解だったと思ってな」

「まあ、そうですね！」

「そのクラスメイトの名前、覚えているか？」

「もちろんですよ！　飯竹シヅカちゃんです！」

「〝いいたけ・しずか〟？　どう書く？」

「ゴハンの〝飯〟に、普通の植物の〝竹〟です。シヅカはカタカナで〝ツ〟に点々。ちょっと珍しい苗字と名前の書き方ですよね！」

「そうか。飯竹シヅカさんか……。彼女には……、礼を言わないとな……」

「お礼？　なんのですか？」

「その制服さ。散々使わせてもらったからな。——レイ、大切な用事を思い出したから一度俺達の世界に戻る。レイは、存分に舞台挨拶を楽しんできてくれ。言う事はいつも通りでいいし、思いの丈《たけ》を付け足してもいい。終わる頃に迎えに来る」

「了解です！」

「ただ、去り際に言う台詞は、間違えるなよ？」

「間違えませんよー！　私のたった一つの台詞ですもん。『みんな、ありがとう』ですよね！」

＊　＊　＊

事務所の地下駐車場へのスロープで、

「先に戻っていてくれ」

「了解です！」

因幡はレイに言い残すと、踵を返して、再び外へ出た。そして、明るい世界で瞬時に消えた。

レイはスロープを歩いて下り、薄暗い駐車場を通り抜けて、エレベーターに乗った。

「楽しかったなー。次はどの町に呼ばれるんだろ？」

エレベーターが三階に到着して、レイはホールから事務所へ続く、磨りガラスのドアを開け、

「ユキノ・レイ！　ただいま十回目の舞台挨拶から戻りました！」

元気よく言いながら入ってみると、そこには誰もいなかった。

「おや？　社長？」

電気は付いていたが、応接室には人の影がなかった。脇の社長室のドアは不用心にも開けっぱなしで、レイは覗いて、中には誰もいなかった。最後の可能性を考えてそっちを見ると、洗面所へのドアも開いていていた。

「うーん……。どうしたんだろう？」

レイがつぶやきながら、外が見える窓へと振り向くと、

「うえっ？」

巨大な社長の顔があった。


「ええ？　社長……、え？　え？　看板……？」

窓の外にある、斜めになっている社長の顔は、おでこから顎《あご》まで数メートルはあった。巨大な両目が、バチンと瞬《まばた》きをした。

「えええええええええええ！」

窓ガラスが割れそうな勢いで叫んだレイに負けない声で、

『おきろー！』

窓の外の巨大社長が叫んだ。

『おきろ！　おきろ！　おきろー！』

「ひいっ！」

後ずさりしたレイを、

「おっと」

後ろから因幡が摑んだ。

「うぎゃっ！　――あ、因幡さん……」

『おきろー！』

「ま、窓の外にっ！　きょ、巨大な社長がっ！」

「見えているし聞こえているよ。ほんのわずか会わないだけで、ずいぶんと大きくなったな」

「そんなアッサリ！」

「分かっていると思うが、ここは現実世界じゃない」

その言葉に、レイは社長と因幡の顔を、ずいぶんと大きさが違う二つを交互に見て、

「あ……、ああっ！　異世界か並行世界か……、とにかく！　別の世界！」

レイの力が抜けて、因幡が摑んでいた両肩から手を放した。

「そうだ。ここはレイがいるべき世界ではない。俺は迎えに来た」

「そうですよねそうですよね！　巨大社長がいる世界ですよね！　ああ驚いた！　でも納得です！」

『おきろー！』

「社長！　もう分かりました！　分かりましたから！　――因幡さん、帰ってくるところを間

違えたんですか?」

　振り向いて顔を寄せるレイに、

「…………。まあ、そんなところだな」

「ビックリしましたよ! 寿命が縮みました!」

「そうか、悪かったな」

『おきろー!』

「ビッグな社長! もう、分かりましたからー!」

　レイが一度、窓の外の巨大社長に言い返してから、

「行きましょう!」

　因幡を促《うなが》して応接室から出て行こうとしたとき、社長が別の言葉を発する。

『行ってらっしゃい!』

「え?」

　レイが踏み出そうとしていた一歩を止めて、振り向いて、そこにはにっこりと笑う巨大な社長の顔があった。

　因幡が、

「レイには、今からとある世界に行ってもらう。今から行く世界は——、いや、どんな世界かは、行けば分かる。ただし——」

そこで一度区切って、因幡はレイを見た。ほとんど睨み付けた。

「今までとは違って、死んだらもう戻れない世界だから、何があっても死ぬんじゃない。いいな。絶対にだ」

「え？　ええ……。はい……」

レイは、巨大な社長の笑顔を見ながら、事務所を出た。

エレベーターを降りて、駐車場へ出て、因幡が暗いトンネルへ、地上へのスロープへと足を進めた。

レイは、早歩きで付いていき、

「忘れるなよ。何があっても、死ぬんじゃない」

「それは……、分かりました！　分かりまし——」

レイが全てを言い終える前に、因幡がスロープを上りきり、明るい世界へ消えて、

『ユキノ・レイ！　もう夢から覚めなさい！　夢を叶えるために！』

頭の上から降ってくるような巨大社長の声を聞きながら、レイもまた、外の世界へと出た。

少女は泣きながら目を覚ますと、同じように泣いていた両親に抱き付かれて、体を締《し》め付《つ》けられて悲鳴を上げた。

ポカンとする少女に、白衣を着た医者が言った。あなたは半年ほど、ずっと意識がなかったのだと。ずっとこの病院で、栄養を与え筋肉を衰《おとろ》えさせない機械に繋がれて生きていて、いまさっき、やっと目覚めたのだと。

そして、自分が誰か分かるかと訊ねた。

少女は横たわったまま、もちろんですと言ってから、かすれる声で、自分の名前と年齢を答えた。母親から、一歳増えて十六歳になっているのよ、と訂正された。

目覚めたことを、ひとしきり喜ばれたあと——、

感極まった母親から、なんで馬鹿なことしたの？　と涙ながらに聞かれた。

少女は、一瞬ポカンと目を丸くして、それから誤解されているのだと理解した。

その後、数分にわたり、自分が川に入ったのは流されていた猫を助けるためで、猫は岸に放り投げて助け、その後で得意な泳ぎで岸に戻ろうとしたら水中にあった何かに足をぶつけて溺《おぼ》れたのだと説明した。

それでも、心配をかけてごめんなさいと謝った少女に、両親は言った。本当に目覚めてくれて良かったと。そして、溺れた理由を知ることができて、何よりも安心したと。

医者が言う。

あなたはここ半年の間で、最初の三ヶ月は全然脳が動いていていなかったが、以後は活発に活動していたことが機械でモニターできていたと。

夢をたくさん見ていたに違いなく、結果として昏睡《こんすい》状態から目覚めやすくなっていたのだと。

そして、その夢を少しでも思い出せるか、医者は訊ねた。

少女は答える。

「いいえ。全然」


医者と看護師が、少女の体の状態を調べた。ひとまずは、急を要する異常がないことが判明した。

ベッドの上で体を母親に拭いてもらい、部屋にいる全員がいったん落ち着いた段階で、両親が言う。

××××さんが、さっきまでこの部屋にいたのよと。

少女が、かなり驚いた。寝ているベッドから起き上がろうとして、両親に止められた。

少女が、確認するように――、
さっきまでこの部屋にいた××××とは、十二歳の時に超有名アイドルグループに所属し、何度もセンターを務めるほど活躍し、二十二歳でグループ卒業後はソロデビューし、そちらでもヒットを連発。

二十四歳で、女優業にも挑戦。すぐに結果を出して、俳優としても引く手数多《あまた》。飛ぶ鳥を落とす勢いで休む間もなく活躍を続け、四十二歳の今も、日本を代表する歌手であり俳優でもあって連日大忙しで、三年前に体調を崩し芸能生活初のオフを取ったが復帰後はさらに激務をこなし、今年は大河ドラマの主役をやっている、あの××××さんの事かと、まだかすれる声で早口で訊ねた。

母親が、首を横に振った。

大河ドラマは、去年になってしまったと。それ以外は全部あっていると。

そして、今年は二回目のオフとして長い休養を取っていると。

なんでそんな、超が十個付くほどの有名人が――、自分にとって憧れを通りこした、ほとんど神様みたいな人が、なぜ、どうして、なんのために、いかなる理由があって、この病室に来たのかと、少女は当然の質問をぶつけた。激しくぶつけた。

これには医者が答える。

××××は今朝、突然に病院にやってきて、少女を名指しして、病室に入れて会わせろと命令してきたのだと。

××××は、私なら昏睡状態の少女を叩《たた》き起《お》こすことができるからと強情に主張。

病院はもちろん断ったのだが、まったく折れる気配がなかったので、両親に連絡して、二人が駆けつけた。

両親は本物の×××××にまず驚いて、娘が大ファンということもあり、藁《わら》をも摑む思いで入室の許可が出た。

それから、×××××は少女の顔を覗き込んで、耳に何かを告げた。何を言っていたかは、ハッキリと分からなかった。

そのことで脳波の動きが著《いちじる》しく変化し、覚醒する兆《きざ》しが出たところで×××××は、それでは歌の準備がありますのでと、冗談なのか本気なのか分からないことを言って去って行った。

少女が目覚めたのは、それから数分後のことだった。

話を聞いて、何がどうなっているのかサッパリ分からないと、少女が言った。

それは私達もだよと、両親が言った。私達もですと、医者が言った。

サインをもらっておいたか？

少女が訊ねて、とてもそんな余裕はなかったと父親が答えると、少女は絶望で今にも死にそうな顔をして、ゆっくりと目を閉じた。医者を少し慌てさせた。

そして、母親が少女に訊ねる。

ねえ、〝ユキノ・レイ〟って誰？　×××××が、最後にそんな名前を、あなたに言った気がするんだけれど――、と。

少女が、病室の天井を見上げたまま、答える。

「……知らない」

目覚めてから二ヶ月後。

一年遅れで高校へ戻るため、家でリハビリを受け、その後は勉強をしていた少女へと、××××××から招待状が届いた。

××××××が毎年自分のデビュー記念日に行っている、自分を支えてくれている人達を招くパーティー。そこへ、少女を招待すると。

なぜ××××××があのとき病室に来てくれたのか、そしてなぜ招待されたのか、理由も説明も何もなく、ただ招待状だけが届いた。

まったく意味が分からないまま、両親はただただ困惑し、

「行く！　そして、サインもらってくる！　――ついでに、どうして来てくれたのかも聞いてくる！　聞けたら！」

少女はそう言ったので、両親は、東京にある会場のホテルへと連れて行くことにした。

招待状に制服で来てねと書いてあったので、少女は、友人が造ってくれた、世界に数着しかない白い制服で赴《おもむ》いた。鞄に色紙とサインペンをしのばせて。

超一流ホテルの宴会場はとても豪華で、テレビや映画や雑誌やネットで見たことがある人達

が、普通にうろうろと歩いていた。黒髪ショートカットの女性が前を通り過ぎたと思ったら、有名歌手の井龍今日子《いりゅうきょうこ》だった。

少女は気圧《けお》されながら、ホールのかなり端で、パーティーが始まり、進むのを見ていた。

真っ赤なパーティードレスで華々しく輝く××××が、さまざまな人と挨拶を交わすのを、遠目に見ていた。

「招待された方ですよね？　挨拶に行かないんですか？」

後ろから話しかけられて振り向くと、紺色のスーツ姿をした若い男がいた。

白い髪をした小柄な男で、外国人の少年のように見えた。

「なんなら、すぐにでも話をしてもらうように、俺が言いますよ」

少女は、とんでもないです私なんか一番最後の最後でいいんです！　と男に返して、

「分かりました。じゃあすぐに行きましょう」

なんにも分かっていないじゃないですか！　と抗議する少女を強引に引っ張って、××××の前へと連れて行った。

テレビで何度も何度も見た顔の前に引っ張り出されて、××××の綺麗な笑顔で出迎えられて、緊張して萎縮《いしゅく》している少女に、

「元気そうだね！　すっかり、普通に歩けるようになったんだね！　来てくれてありがとう！会えて、本当に本当に嬉しいよ！」

××××が、美しい笑顔で言った。

いえいえとんでもないです私なんて歩けなくて絨毯《じゅうたん》の上を這《は》っている方がいいんですこの絨毯柔らかいので全然問題ないですと、少女は早口で返した。

しゃがんで匍匐前進《ほふくぜんしん》を始めかねない少女に、

「うんうん、とりあえーず、落ち着こうか。ほい息吸ってー、吐いてー。また吸ってー、吐いてー」

少女が命令通りに動いて、

「いいねいいね。酸素美味しいよね」

十回ほど深呼吸をして、冷や汗も落ち着いた少女は、開口一番訊ねる。

どうして、病室に来てくれたんですか？

「うん。それはねえ——」

××××の返事を遮りながら、少女は別の質問をぶつける。

どうして、ユキノ・レイの名前を知っているんですか？　と。

そして言葉を続ける。それは、私がかつて、アイドルと女優に憧れるだけの女の子だった頃に、自分で自分に付けた芸名で、世界で知っている人は一人もいないはずなのに。絶対に、誰かが知っているのはあり得ないのに、と。

さっきまでの緊張は消えて、真剣そのものの少女を見ながら、××××は、

「おっと、うーん、いい質問だね。お母様から聞いたのかな？　私があなたをそう呼んだって」

しっかりと頷いた少女に、××××は訊ねる。

「私が、あなたから直《じか》に聞いた、って言ったら信じる？」

今度は首を横に振った少女に、

「うーん。どうしたもんか」

××××は困った顔をした。いつの間にか、その手には兎《うさぎ》のようなお面があって、それをクルクルと回していた。

可愛いお面だったが、少女の意識はすぐに××××に戻って、ほとんど睨み付けていて、

「うーん。どうしたもんか」

××××は、同じ言葉を、本当に困った様子で言った。

「無理に急がなくてもいいのでは？」

少女をここに引っ張ってきた男が、脇で××××に告げて、

「それもそうかー。無理はいかんよなー。こういうのは、ひょんなモンだからなー」

××××は、頭を掻《か》きながら答えた。綺麗にセットした髪が、豪快に乱れたがそんなことをまったく気にした素振りを見せず、

「とりあえず、なんか飲む？　ってお酒はさすがに無理だから――」

少し考えて、××××は、壁の脇でポットを持っているウェイターを見つけた。

「コーヒーでも、飲む？」

「あ、私が入れますよ」

少女が笑顔で答えた。

「いやいや、それくらいは私が」

「いえいえ、私が。社長は座っていてください」

「いやいや、もう立っているから」

少女と××××が、二人して壁の脇へと歩き出したので、

「え……？　は……？　——いや、ちょっと！」

白い髪の男が、慌ててそのあとを追いながら、少女へと問いかける。

「おい……、今……、なんて言った……？」

おしまい

第十七話
「彼女の世界」
―Memories Never Lost―

第十七話「彼女の世界」

―Memories Never Lost―

都会の片隅に、その小さな小さな芸能事務所はあった。

私鉄の駅前にある、間違いなく昭和に建てられたであろう細い雑居ビル。いかがわしい店が看板を並べる中、その三階を借りていた。

狭いエレベーターホールの前には、

『有栖川芸能事務所』

そう書かれた小さなプレートがぶら下がっていて、そのドアの先に、応接室と事務室を一緒くたにしたような部屋がある。

隣には磨りガラス窓で仕切られた部屋があって、『社長室』のプレートがあった。

その応接室で――、

「レイの、次の仕事が決まりました」

この事務所に所属する、マネージャーの男が言った。

紺色のスーツを着た、身長百五十五センチと、男にしては小柄な体。特徴的なのは髪で、短い髪は、全て真っ白だった。大きな双眸も相俟って、外国人の少年のように見えた。

男が言葉を続ける。

「異世界の町のお祭りで、領主に歌を披露してもらいます。今までに比べれば、時間のかからない仕事です」

「了解です！　因幡さん！」

答えたのは、この事務所に所属する十五歳の女子高生。

レイは白いワンピースの、右胸の位置に大きな青いリボンが目立つ制服を着て、腰まである長い黒髪をカチューシャで留めていた。

因幡はソファーの片方に座り、テーブルを挟んだ反対側にレイ。レイの隣には、この芸能事務所の、四十代と公表しているがそれよりグッと若く見える女社長が長い脚を組んでいて、

「おう、行ってこい！　歌ってこい！　楽しんでこい！」

陽気そのものの口調で声を弾ませて、

「はい！　――社長、今日は何時にも増してハイテンションですね？」

同じくらいテンションの高いレイに訊ねられた。

「まーねー！　レイが気持ちよーく仕事ができるように、ハイテンションで送り出すのが社長

の役割ってもんよ！」

「くーっ！　ありがとうございます！　では思いっきり歌ってきます！　人を楽しませてきます！」

「いいぞやっちまえ！」

「やっちまいます！」

二人の激しい盛り上がりをクールな目で見送った後、因幡が言う。

「では行くか。特に準備する物もない」

その言葉に、立ち上がろうとしていたレイが、一瞬動きを止めた。そこからゆっくりと立ち上がりつつ、因幡に怪訝そうに訊ねる。

「ステージ衣装、要らないんですか？」

「制服のままでいいそうだ。というより、例の肖像画アー写を見せたら、制服でお願いしたいと言われた。その異世界でもそれほど珍しくなく、かつ可愛らしい服装だと」

「なるほど！」

レイが立ち上がり、社長へと顔を向けると、

「えい！」

社長も同時に立ち上がっていて、そのままレイにガバッと抱き付いてきた。

「むが？」

「ぎゅー！」

効果音を口で言いながら、社長は自分よりずっと小柄なレイをがっちりと抱き締めた。かなり強烈に。

「むぐぐ！」

「レイ、がんばってこーい！」

「むぐぐ！　分かりました！　分かりましたけど！　突然なんで？」

がっちりとハグされて身動きができないレイが手足を少しばたつかせ、社長はようやく抱擁《ほうよう》を解いた。

そして、レイに顔を寄せて、

「どや？　ハグられるとホッとするでしょ？」

「はい、します！」

「これはメッチャ私見だけど――、歌の仕事って、歌声で誰かをハグることだと思うのよねー」

「はい！　いいですね！　私も誰かをハグりたいです！」

「よし行ってこい！」

「行ってきます！」

因幡とレイが、事務所のドアを開けてエレベーターホールに出て行くまで、社長はその場で立ったまま見送って、

「行ってこい！　神様」

曇りガラスでくすんだレイの背中に、笑顔で小さく話しかけた。

＊　＊　＊

事務所の地下駐車場のスロープを徒歩で上りきり外に出ると、そこは異世界だった。

「おおー」

レイがまず見上げたのは、大きなマッシュルームだった。

それは建物で、薄茶色の石で造られていて下は円筒で上は丸くて、高さが五十メートルはあった。丸い部分の巨大さと存在感は相当なもので、

「おっきな建物！」

レイはかなり離れた場所にいたが、目一杯見上げた。丸い部分の側面に、まるでゴミでもついているかのように、小さな窓がいくつも開いていた。

その建物は、町の一番高い場所にあった。全体的に小高い丘になっている町で、道はタマネギの輪切りのように同心円状に走り、所々で、放射線状に階段で繋がっている。その道の全てに、オフホワイトの石畳が敷き詰められていた。

超巨大マッシュルーム以外に、三階建てほどの四角い建物が通りに沿って等間隔で並び、こ

ちらもオフホワイトなので、町全体がうっすらと白く輝いている。

町の外側には灰色の石で作られた城壁が、町を取り囲み守っていた。その向こうの谷間には、鮮やかな新緑の森林が、地平線の果てまで広がっていた。暑くも寒くもないので、季節は春のようだった。

「絶景かな絶景かな！」

レイが、下り坂に連なる町と、城壁と、緑の大地を見ながら石川五右衛門《いしかわごえもん》を演じた。

異世界の町は、異世界の住人達で賑わっていた。

住人達は、〝種類〟が豊富だった。

レイのような、いわゆる〝人間〟もいれば、別世界なら〝モンスター〟と呼ばれていただろう異形の生き物もいる。やたらに小さい住人もいれば、家に入れるのか疑わしいほど巨大な人もいる。

彼等が着ているのは、現実世界においても、どこかで見たことがありそうな、しかしどこの服かと言われるとまったく分からない衣装。彩りは得てして原色が多く鮮やかで、とても煌びやかだった。

「大変に綺麗です！　花壇のようです」

レイがそう評し、

「ああ。この町は、こんなに鮮やかだったんだな。気付いていなかったよ」

因幡がレイを見ることなく、つまり、まっすぐ祭りの景色を眺めながら言った。

異世界人達は、普通に町を歩き、楽しそうに会話をしていた。因幡の力のおかげで、異世界でいつもそうであるように、レイには全ての会話が、普通に日本語に聞こえた。

因幡が〝祭り〟と言った通り、町中の路地や広場には、木材を組んで造られた出店がたくさんあった。そこでは食べ物や、食べ物に見えるけど食べ物なのか確証がない何かや、最初からもう何なのかまったく分からない物品が売られていた。

時間は、一番大きな太陽の位置から考えると、午前中。その脇に三つほど輝く天体があった。

賑やかでカオスで楽しそうな世界を見て、

「本当に素敵な世界！　素敵な場所ですね！　ワクワクしますね！」

レイが目を輝かせて、それから、

「おっと、仕事で来たんでした！」


レイの仕事は、あっという間に終わった。

マッシュルームの中に入ると、制服のまま大広間に案内された。

そこでは着飾った二十人ほどの人間や、そうでない生き物さん達が床の絨毯の上に座っていて、よく来たなと歓迎してくれた。

因幡が用意したカラオケマイクで、レイは大得意な歌を二曲歌って、全員から喝采《かっさい》を受けて、因幡へと報酬らしき物が渡されて、大広間から出て、さらに建物から出て、

「やる事は全て済んだ」

因幡が言った。

「もう？　アッサリ！」

マッシュルームの下の広場には、木製のベンチがずらりと置いてあって、多くの人が足や脚を休めたり、寝ていたり、食事をしたり、どうやら食事らしい行為をしていた。レイと因幡も、そこに並んで座っている。

「そういう仕事だったからな。今頃は、別の町から来た楽団が領主の前で太鼓を叩いている」

「い、今までで一番かん——、いえ、一番短いお仕事でした！」

「〝簡単〟て言おうとしたな？　まあ、その通りだ。こういう時もある。ちなみに一団の中央に、牛に人の手脚を付けたような巨大な方がいたな？　あの方が領主だ」

「はー……」

「〝お祭りの日に、領主は周囲の村から集まった芸達者な者達のパフォーマンスを鑑賞しなければならない〟——というルールがある。かつて村同士の争いが多かった時代に、演芸で決着を付けていた名残だそうだ。だからあの領主は、今日の朝から晩まで、二百五十組くらいをひたすら見続けるらしい。そして最後に、『どの村も勝者だ！』と決まり切った台詞を叫ぶ必要

「た、大変なお役目だ……」

「そして、集める方も大変だったんだろう。もう、楽団や歌手を持たない村もあるそうだからな」

「それで私達に仕事が。ちょっと歌えば終わり、というのもそういう理由だったんですね」

「そうだ」

「楽しんでもらえましたかね？」

「俺にはそう見えたよ」

「嬉しいです！」

「さあて、帰るか」

時間は、一番大きな太陽の位置からすれば、ちょうど昼頃。

因幡がレイをチラリと見ると、レイは、目の前の賑やかな祭りの様子に目を輝かせていて、

「もう少し居たいって、顔に出ているぞ」

「え？　いやいやそんな――、えっと、そうですけど……、面白そうな場所だとそそられますけど、仕事が終わったのなら、私達の世界に帰らなくちゃいけませんよね」

慌てながら釈明、あるいは自分を納得させようとするレイに、

「ははっ！」

因幡が笑った。

普段の仏頂面を崩し、目を細める様を見て、

「因幡さんがそういう風に、ストレートに笑うの――」

レイは目を丸くした。

「初めて見たかもしれません！」

「そうか？　そうかもな」

いつもの無表情に戻った因幡が言って、

「何かあったんですか？　あの、ひょっとして……、失礼ですが、ご気分でも？」

「本当に失礼だな。過去をちょっと思い出しただけだ。楽しい思い出だった」

「はあ……。なら良いんですが。因幡さん、記憶力、とても凄そうですから」

「まあな。俺は、今まで色々な世界で経験してきた出来事を、全て鮮明に覚えているよ。どんなに大昔でも」

笑顔ではないが、優しげな表情で言った因幡は、ベンチから立ち上がった。レイの前に立って、

「俺はやることがあるので、先に帰る。お前は、祭りを好きに楽しんでから帰れ。もう、異世界での行動も慣れただろう」

「ええ！　本当ですか！　いいんですか？」

食らいついたレイに、

「問題ない」

因幡はサラリと答えながら、背広の内ポケットから、小さな機械、あるいは装置のようなものを取り出した。細いストラップで繋がっているそれは、大きさと形が使い捨てライターに似ていた。

「この装置の先端を三回続けて押すと、レイはこの世界からキレイさっぱり消えていなくなる。そして、出発数分後の駐車場に、出発したときの姿と持ち物で戻ってくる。この世界を十分楽しんだら、使ってくれ。すぐ近くに人がいても問題ない。さぞ驚かれるだろうけどな」

「なるほどー」

レイが受け取りながら答えた。

「なくすなよ。もしなくしたら、なんとしても死んで戻ってきてくれ」

「りょ、了解です……。首から提げておきます！」

言いながら、レイはストラップを首にかけて、装置は制服の大きなリボンに差し込んで隠した。

「オッケー。今まで仕事ばかりだったから、異世界をゆったり楽しんでくれ」

「因幡さん……、本当に因幡さんですか？」

「どういう意味だ。時にはこういうこともある。それとも、すぐに帰るか？」

レイは因幡に手の平を見せて、

「いえ！　せっかくの機会なので、精一杯、目一杯、この世界と、お祭りを遊んでからにさせていただきます！」

レイの台詞の途中から、因幡は背広の横のポケットに手を入れていて、取り出したのは、十センチほどの大きさの、革製の巾着袋《きんちゃくぶくろ》。

レイに差し出しながら、

「じゃあこれも持っていけ。この世界のお金だ。俺達の世界に持って帰っても、珍しい形ということ以外に意味のない硬貨だ。飲み食いで使い切って構わない。他に質問は？」

レイが、巾着袋を受け取りながら答える。

「ありがとうございます！　んー、ないです！」

「なら、後は好きにしろ。本当に自由気ままで構わない。この世界で何を言おうがやろうが、一切責任を取らなくていいからな」

「確かにそうですけど、羽目は外しませんよ！」

「そうか。じゃあな」

そう言い終えた次の瞬間、因幡は消えた。

まるで最初からそこにいなかったかのようで、

「はー」

レイは、魔法のような光景にまず驚いた。

それから手の中のずっしりした重みを感じ、にっこりとニンマリの間くらいの表情を作る。

「よっし――、お祭りだ！」


「休暇！　異世界の、休暇！」

弾むように町を行くレイの制服姿は、奇妙奇天烈《きみょうきてれつ》な住人達の祭りの中ではまったく違和感がなく、むしろ馴染《なじ》んでいた。

祭りは賑やかで騒がしいが、所々で槍と剣を持った衛兵が目を光らせているので、喧嘩《けんか》や犯罪などは少なそうに見えた。

レイは、町のあちらこちらを、堂々と彷徨《さまよ》う。しばらく見学を楽しみ、やがて出店がびっしりと並ぶ大通りに出た。

「すみません！　これ、なんですか？　食べ物ですか？」

串に刺さった何かを並べて炭火で焼いている出店で、レイはカメレオンのような住人に訊ねた。

店主は左右の目をグリグリと個別に動かし、男性なのか女性なのか分からない声色で、

「お嬢ちゃん、この町の人じゃないね！　確かに食べ物だけど、お嬢ちゃんみたいなヒト属が

食べたら明日死ぬよ。胃酸が数十倍強くないと、消化できなくて内臓が詰まっちゃうんだ」

「うげっ！　あ、ありがとうございます……」

「はっはっは！　いいねえ、新鮮な反応。だいぶ遠くから来たのかい？　ひょっとして、領主様の前で演奏する村の楽団の一人かな？」

「はいそうです！　もうお役目は、終わりましたけど！」

「やっぱりねー。楽しんでってね。屋台の柱に青いマークがついているお店なら、お嬢ちゃんでも食べられるからね。ただし、死ぬかもしれない程辛い料理もあるから気をつけて」

「ありがとうございます！」

それからレイは、言われたとおりの店へ行き、それでも一応、注文前にしっかりと確認することにした。

最初の店で、お金の種類がよく分からないので一番小さい硬貨を出すと、

「おやおや、店ごと買うつもりかい？　お釣りがないよ」

そう言われ、一番大きな硬貨を出すと、

「そうそう、それを五つ出しとくれ」

こうして買えた揚げパンのような見た目の食べ物は、食感がほとんど餅《もち》だったが、苺《いちご》の味がして美味しかった。

絶対に焼き肉にしか見えない串を買ったら、バナナそっくりの果物にチョコレートそっくり

の何かをかけたもので、大変に甘くて、こちらも美味だった。

　こっちこそチョコレートだと思って買って、周囲の銀紙を剝《は》いで黒い棒を口に入れようとしたら、クレヨンを食べるなんて正気かと怒られた。細くて黒い物体を革袋の上で滑らすと、綺麗に文字が書けた。今日だけは、家の壁や床に文字や絵を描いても怒られないと教わった。

まるで日本のお祭りのように、お面をずらりと売っている店があった。

　たくさん並んでいるが、人間がつけられるサイズの物はたった二つしかなかった。

　一つは白いウサギのような可愛らしいもの。もう一つは、どす黒く、酷く苦しそうな顔をしているもの。

「これ……、こちらの黒いお面、なんですか？」

　レイが訊ねたら、お面屋の店長である、紫色のスーツに黄色いネクタイ姿の細身のアルパカは、

「え？　知らないのかい？　——ああ！　お嬢ちゃんは遠くから来たんだね？　そうだろう？」

「はい！　つまり、この町の人なら、皆さんご存じなんですね？」

「そう。この《黒い謝罪フェイス》は、九四三年前の領主様をモデルにしているんだ。エルフだったんだけど、四十九年間続いた浮気がバレて、奥方に逆さ吊りの刑を受けて顔が膨れてしまったけど、朝から晩まで町中に聞こえる声で必死に謝り続けたという故事に因《ちな》んでいるよ」

「こっちの白いのをください！」

「おっと……、《魔王殺しの兎・ザ・キラー・ホワイト》が好きとは……、お嬢ちゃん――、ひょっとして、大戦中のアサシン部隊の生き残りの方でしょうか?」

「違いますー! 敬語、やめてください!」

レイはお面を手に入れて、しばし悩んだが、結局顔につけて歩くことにした。

「お面なんて、子供のとき以来――、な気がする……。最後につけたのは、何時だろう……? ま、いっか」

昼が半分を過ぎても、レイは町をグルグルと、そしてブラブラと歩きながら、お祭りを堪能《たんのう》する。

領主への演奏が終わったのに、それではやり足りないのか、階段をステージにしてラッパを吹いている生き物たちがいた。カバに似ていた。色は緑だった。

レイがよく見ると、金色の楽器に見えていたのはその生き物の腕だった。

腕が金属のパイプのように変形していて、それに口を付けずに音が出ていた。見ると呼吸はしているので、肺から腕に空気管のようなものが直接繋がっているようで、

「すっごい進化」

レイは驚きつつ感心した。

幾重にも重なったラッパの音楽が終わり、

「素晴らしい音楽でした。合わせて歌いたかったな」

凄腕《すごうで》を堪能したレイが、お面をつけたまま人混みを歩いていると、因幡と出会った。

身の丈三メートルくらいある半裸の巨人が自分の前に歩いていたのだが、その彼か彼女が脇道にズレた瞬間、前方の視界がクリアになり、因幡が見えた。

服装はいつものスーツではなく、この世界のそれ——、カーキ色の狩人のようなジャケットだったが、小柄な体と白い髪と、ハンコのような仏頂面は間違いなく因幡で、道の脇にボンヤリと立っていて。

「あれ？　戻ってきたんですか？」

レイは足を止めて話しかけた。

「…………」

因幡が、眉をこれ以上無いほど寄せて、眉間《みけん》に海溝のように深い皺《しわ》を拵《こしら》えた。そして、聞きなじみのある声で訊ねる。

「俺に、話しかけているのか？」

「もちろんですよー。因幡さん」

因幡の顔がますます険しくなって、

「お前……、誰だ……？」

「私ですよー。あ、そうか！」

レイは、自分がお面をつけていることに気付いて、それを取った。

「私ですよー」

レイは同じ言葉を繰り返し、

「お前……、誰だ……？」

因幡もまた、繰り返した。

「えー！」

レイが本気で困惑し声を上げたとき、

「因幡ー！　——ん？　誰その人？」

後ろから、因幡を因幡と呼ぶ声が聞こえた。それは、若い——、を通りこして、幼い女の子のそれだった。

やって来たのは、声の通り、十歳以下に見える女の子。

因幡よりさらにグッと背が低く、長い明るめの茶髪は三つ編みに降ろしている。服装は、空のように青いワンピース。

因幡を因幡と呼んだ人が誰かは分からないが、今目の前にいる因幡が因幡なのは間違いなく、

「やっぱり因幡さんじゃないですか……」

レイは困惑しつつも、口にしていた。

「俺は因幡だが……、お前を知らない。会ったことがなければ、遠目にも見たこともない」

「えー！　ちょっと、完璧な記憶力はドコに――」

その次の瞬間、

「あっ！」

レイはその答えに気付いて、

「そうだ！　別の世界の因幡さんだ！　私のことは、知らないのか……」

口の中だけで呟いた。


「なんて、ごめんなさい！　さっきその女の子がそう呼んでいるのを聞いて、ちょっとからかってみただけです！」

レイは、因幡に口から出任せを捲《まく》し立《た》てたが、

「………」

因幡は黙ったまま見つめてきて、

「誰アンタ？」

代わりにレイに話しかけてきたのは、因幡が連れている女の子だった。

可愛らしい顔をしているが、表情は相当に険《けわ》しく、口調にも同じように険《けん》があった。

レイはすかさず言い返す。

「ねえお嬢さん、甘い物食べたくない？」

満面の笑みで、女の子に目線を合わせるためにしゃがんだレイに、

「ちょ！　子供扱いするな！　食べたいけど！　つーかお前は誰だ！」

「私はレイ。通りすがりの、祭りを心の底から楽しんで、浮かれている変な人！」

「ふーん。ま、変な人は否定しないわ」

「お嬢さん、お名前は？」

「人の名前を訊ねるときは、まず自分の名前を言いなさいよ」

「だからレイ」

「………。そうだったわね。私はアリス」

「あら可愛い名前！」

「因幡コイツ、ちょっとムカツク！　私のこと、ヌケてる子供だと思ってる！」

「まあ実際そうだよ」

因幡から即答され、レイがプッと吹き出す。

「訂正！　かなりムカツク！　――因幡、こんなやつ放っておいて、行くよ！」

アリスと名乗った女の子が顔を背け、因幡がそれに合わせて歩き出そうとしたので、

「あ、ちょっと――」

レイは慌てて呼び止めようとして、

「バイバイ、変人さん。お祭り、せいぜい楽しんでね」

アリスに子供らしからぬ言い方で吐き捨てられ、二人の背中が小さくなっていくのを見ながら、

「あ、えっと……、えっと……」

レイは何を言っていいか、何を言うべきか悩み、

「アリスちゃん達――、この世界の人じゃないんでしょ?」

「なんで……、そう思う?」

振り向いて怖い顔をしているのは、因幡の方だった。

アリスは、素直に驚きだけを表現していた。

「異世界から来た人を、パッと見分けることができるからだけど?」

レイが嘘八百を答えて、

「どうしてそんなことができる?」

「どうしてそんなことができる?」

二人が目を見開いて驚き、完璧にシンクロして訊ねてきた。

「えっと……」

レイは、自分を睨む因幡を見ながら、答えを思いつく。

「できるからだよ!」

「ねえ因幡。自分でもなんでできるか分からないときは、ああやって答えればいいんだよ」

「今度から、そうするよ」

ベンチの一つに座り、そんな言葉を交わしていたアリスと因幡へ、

「お待たせー！」

レイが、両手に〝焼き肉〟を持って現れた。片手に一本ずつ。

「はいアリスちゃん！　そして因幡さん。食べて食べて！　美味しいよ！」

「ちょっと！　私に焼き肉食わそうっての？」

ぎろりと睨んできたアリスに、

「二つ分かったことがある」

レイはふふん、と得意気な表情を作ってから言う。

「アリスちゃんは、この世界の人じゃない。だって、これが焼き肉に思えるわけがないからねっ！」

「なっ！　カマかけたのか！」

「もう一つは？」

レイのよく知る冷静な、あるいは仏頂面を取り戻した因幡が聞いて、

「アリスちゃんは、自分の力で世界を移動していない」

「なんでそう思う？」

聞いてきた本人、つまり因幡さんがいるからです、とは答えられず、

「自分で移動しているのなら、もっと、ずっと楽しそうにしているでしょ？」

「なるほど」

因幡が答えて、それは実質認めているようなもので、

「ちょっ！　因幡！　秘密をポンポンと――」

「まあまあ。とりあえず甘い物を食べて！」

レイが二人の前に〝焼き肉〟を突き出して、

「食べるけど……。本当に甘いんでしょうね？」

「食べてみれば、分かりまーす」

「お金は払わないからね」

「おごりでーす。私はお金持ちなんでー」

アリスは串を受け取って、慎重に匂《にお》いをかいで、それから小さく口にした。

「……チョコバナナ？」

「美味しいでしょー！　感想は？　ね、感想は？」

「うるさい黙れ」

吐き捨ててからガツガツと食べていくアリスと、それを笑顔で見るレイを、

「…………」

因幡は横目で見ていた。

「つーかさ、あんたさ、マジなんなのよ?」

日がだいぶ傾いて、それでも祭りの賑やかさは一向に収まらない町中で、アリスが黒い顔で言った。

町の一番大きな広場。その周囲を取り囲むベンチに並んで座っている、白い顔のレイが質問に答える。

「んー、ただのお節介焼き? せっかく、わざわざ別の世界から来てくれているのだから、歓迎したくなっちゃって」

「はん。ホスピタリティってやつ?」

「難しい言葉知ってるねー」

「子供扱いするな! って、まあ、今のこの格好見たら子供に見えるけどね。私だってそう思うしね」

レイが表情を変えたが、お面でまったく分からなかった。

「じゃあ、別の世界では……、子供じゃないの……？」

「思い出せないけど、たぶん違う。ずっと違和感があるからね。この身長も声も」

「そっかー……。思い出せないって、辛いね」

「別に」

素っ気なく言い放ったあと、アリスは《黒い謝罪フェイス》を顔につけたまま立ち上がり、

「トイレ。ある場所は知ってる。因幡もついてこなくていい」

それだけ言い残すと、スタスタと歩いて行った。

一つのベンチにレイが、隣のベンチに因幡が残された。

「レイ。アリスの話し相手になってくれたことは、感謝する」

突然因幡が言って、レイはゆっくりとお面を取った。

「どういたしまして。――感謝されたついでに、お二人の事情を聞いてもいいですか？」

「ん？　なんで敬語なんだ？」

「まあ……、クセです。気にしないでください」

「そうかい。――それを知ってどうするつもりだ？」

因幡がレイを見て訊ねて、

「分かりません。けど、何か力になれるかもしれません」

レイは答えた。

因幡は、一度、天を仰いだ。

一番大きな太陽は、たぶん西の空に傾きかけていて、天頂では別の太陽が小さく光っていた。

「アリスは、幽霊なんだよ」

「はい？」

「幽霊。実体を持たない存在。霊体。――でも、死んではいないから正確には、〝生き霊〟だな」

「なんと……。生き霊……。そうだったんですか……」

納得した様子のレイに納得せず、因幡が訊ねる。

「今の俺の話を、そのまま信じるのか？」

「嘘を言っているようには見えませんね」

「そうかい。まあ本当だよ」

「そのことを、アリスちゃん本人は知っている、あるいは気付いているんですか？」

「後ろの質問から答えるぞ。気付いてはいなかった。記憶を失っていることを不思議と思わないまま、フラフラと漂っていた。自分の置かれた状態を、不思議と思うこともなくな。典型的な浮遊霊だ」

「なんと……。生き霊になると、そうなっちゃうんですか……」

「自分で自分のことに気づくのは難しい。夢を見ていて、途中で夢だと気づける人は少ないようにな」

「今のアリスちゃんは、そのことを知っているんですか？」

「知っている。なぜなら、見つけたときに俺が伝えたからだ。君は記憶を失った、あるいは混濁《こんだく》したまま、生き霊をしていると。本体である肉体はどこかで、今も昏睡状態で眠っていると。夢を見ているようなものだと。自分が誰かを思い出せば、昏睡から目覚める切っ掛けになるかもしれない、とも」

「それを聞いて、アリスちゃんは、なんて？」

「『やっぱり。なんか変だと思ったんだ』って」

「アッサリ過ぎる！」

「そして、『それならどーでもいいや。思い出さなくてもいいや』と言われてしまった。これには参った。失敗した。ちゃんと伝えたことを後悔したよ」

「…………」

「生き霊が、記憶を取り戻すことを諦めるのは、大変に悪い兆候だ。このままどんどん忘れていって、夢の住人になってしまい、戻れないことがある」

その言葉に、レイは因幡と一緒に会った、並行世界の女優さんのことを思い出し、

「まるで、役に感情を乗せて深く入り込んで演技をする人が、素の自分を失ってしまうかのようですね……」

「……は？　そんなことがあるのか？」

「あるんですけど……。あるいは、『黄泉戸喫《よもつへぐい》』。〝あの世の食べ物を食べると、この世に戻ってこられない〟――みたいな」

「難しいことを、知っているな」

「以前読んだ本に書いてあったので」

「そうか。黄泉戸喫か……。確かに、それに近いな。食べ物の影響はないから、肉体ではなく精神の黄泉戸喫だ。夢の住人になりきるのは、とても危険だ」

「因幡さんはたしか、昏睡の人ともコミュニケーションが取れますよね？」

「……お前、本当に何者だ？　こんなことを俺に言う資格があるかは分からないが……、正直気味が悪いぞ」

「今は無視してください。でも、可能ですよね？　ね？」

「可能だ。だから、アリスの本体がどこで眠っているか分かれば――、昏睡中でも耳は聞こえている可能性がある。何か夢に即したことを話しかけて、刺激を与えて起こすこともできるかもしれない」

「すごい！」

「ただし、昏睡の程度にもよるぞ。体の方がある程度良くなっていて、あとは外部からの刺激を与えるだけなら、チャンスがあるということだ」

「本人に色々と訊ねてヒントを集めれば、本人が分かるのではないでしょうか?」

「それが集まらないんだよ」

「そうでした……。すみません」

「本人が言っていた通り、本体はあの外見ではないのだろう。もっとも、霊体の写真を撮ることはできないから、そうであってもヒントにはできない」

「ああ……」

「さっきも言ったが、最初に大きなネタばらしをしてしまったから、彼女は思い出すのを拒否している。もっと自然に接して、それとなく訊ねて、〃この人は誰か〃という情報を集めるべきだった。そうすれば、アリスの正体を知って、本体に近づけたろうにな。今となっては、もう遅いけどな」

「そんな……、そんなの可哀想《かわいそう》です! 思い出して現実世界に戻った方が、ずっといいに決まっているじゃないですか!」

「だが、本人にその意志がなければどうしようもない。だから――」

「異世界や並行世界を、因幡さんが、あちこち連れて回っているんですね……」

「俺が連れて回っていると、言った記憶はないぞ?」

「普通考えれば分かりますよ」

「それを疑問に思わないのか?」

「全然」

「お前……、本当に何者だ？　……まさか、俺と同じ存在なのか？」

レイは因幡に手の平を見せて、

「いえ、違います。それだけは間違いありません」

「お前……、何者だ？」

「秘密です。今は言えません。でも、いつかはお知らせします」

「そうかい……。期待しないで待つよ。――話を戻すが、アリスについてはその通りだ。彼女は、色々な世界を放浪することを望んでいる。何もしたくないからしばらくボーッとして、飽きたらまた別の世界へ。ある意味、夢の世界を、存分に楽しんでいるとも言えるな」

「それって、〝やりたいことを、やっている〟ってことですか？」

「そうだ。夢の中だから、自分を縛《しば》る枷《かせ》もない。普段以上の行為が難なくできる。それでいて、やりたいことが『ただただ何もしない』というのは、普段どれだけ忙しい毎日だったのか、気になるところだ」

「正体は、激務の人！」

「だろうな。元の世界に、果たして何万人いるか知らないが」

「ですよね……」

レイが顔を伏せて、そしてすぐに持ち上げた。

「あれ？　今思ったんですけど――、好きなことをやらせたら、夢の世界から戻ってこられなくなりませんか？　夢の中に、ずっといたいと思うようにはなりませんか？」

「その通りだよ」

「え？　ではどうして？」

「何もさせなければさせないで、今度は夢の中にすら、いたくなくなるだろ？　そうなったら、思い出すことも思い出すことを拒否することもなくなる。夢を見ている価値がなくなる。すると――」

「すると？」

「意識が消えるだろうな。目覚めることもなくなる」

「だー！　それは駄目です！」

「駄目だよ。だから、矛盾しているようだが、夢は夢で楽しませないといけない。その中で、誰なのか思い出せるのが、唯一の方法だ。本人にその気がなくても、な」

レイは、アリスが戻ってきていないか周囲を確認した。そして、

「どう考えても、思い出して目覚めた方がいいですよね……。そして、ちゃんと、人生を取り戻す――、というか、人間として生きていく方がいい」

「そうだ。霊体は一切成長しないが、寝ている生身の体はそのまま歳を取り、いつかは死ぬからな。本体が死ねば、霊体も消える」

「私に……、何かできることはありませんか？」

レイが、因幡の目を覗き込みながら訊ねて、

「さあな。あるのかもしれないけど、思いつかないな」

因幡は、自分が映るレイの目を見ながら答えた。

アリスが戻ってきて、

「私がいない間、私のことをペラペラと話していたでしょ？　因幡」

仏頂面で最初に言ったのはそれだった。

「そうかもしれないけど、もう忘れた」

因幡が淡々と返して、

「はっ！　あんたが忘れるわけがないじゃない」

アリスは文字通り鼻で笑った。

「因幡さんに、私が無理に聞いたからね。言わないと、どうなるか分かってるよな？　って」

レイの言葉を聞いて、同じ顔を繰り返す。

「はっ！　そんなわけないじゃん。——ま、どうでもいいけどね。リアルの私がどうなろうと、この私の知ったこっちゃないし」

「そんなことない！　思い出した方がいい！」

「なんで？　理由を言うてみ？」

「だって、自分が何が好きなのか、思い出せるから！」

「…………」

じっとりとした目で自分を見てくる、しかし何も言い返さなかったアリスに、レイは言葉を続ける。

「私は歌と演技が好きで、今、歌ったり演技ができる仕事をしている！　人を楽しませることができる仕事を！　それが、とても幸せなの！　アリスちゃん、自由なのかもしれないけれど、全然幸せに見えないじゃない！」

「じゃあ、歌ってみなさいよ」

「は？」

「あなたが歌手だって、ちょっと証明してみてくれる？」

「え？　えっと……、信じてないの？」

「いるんだよねー、歌手や女優に憧れているだけなのに、自分はそうだって思っているイタい人が。そんな人に、ドヤ顔で説得されたくないなー」

ニヤニヤ笑いながら挑発してくるアリスに、

「いいよ！　歌ってやる！　今日は歌い足りなかったので特別サービスだ！　お代は要らない

よ！」

レイはすっくと立ち上がると、まずは因幡へ鋭い視線を送って、

「因幡さん、悪いですけどお水を多めに汲んできてください！　いつも通り、歌の途中に飲みます」

「お？　ああ……」

気圧されるように因幡が席を立って、噴水へと向かった。一度だけ振り向いて、

「〝いつも通り〟？」

怪訝そうにレイを見た。

レイはアリスの前に立った。仁王立《におうだ》ちだった。

「とくと聴け！」


ヒョウタンのような入れ物に水を汲んできた因幡が見たのは、

「なんだ……？」

多種多様な住人達が作る人混みだった。

広場に住人達が集まっているが、巨大な生物が数体いるおかげで、その中心は見えない。

しかし、

「ああ……」

答えは聞こえてきた。


レイが歌っていた。

住人達の中心で、そしてアリスの目の前で、先ほど領主に歌ってきた十八番の歌をアカペラで。テンポをスローにして、歌声が長く響くようにアレンジして、透き通った声を空に溶かしながら。体をゆっくりと揺らしながら。

歌い終えて、周囲から拍手や脚を鳴らす音が響いて、レイを褒め称《たた》える声が混じる。

「いやいやどうも。ありがとうみなさん」

すっかり慣れた人前での歌唱を難なくこなし、

「もっと歌ってもイイですかー？　迷惑になっていませんかー？」

レイは周囲に訊ね、

「衛兵が怒鳴り込んで来るまでは平気だ」

そんな、安心していいのか良くないのか分からない返事をもらった。

「じゃあ歌っちゃいますよ！」

レイが、軽いステップを踏みながら、ポップなナンバーを歌い始めた。

周囲は楽しそうに囃《はや》し立《た》てるが、やはりアカペラなので少々寂しかったところに、突然ラッパの音が加わる。

驚き振り返ったレイが見たのは、緑のカバさん達だった。初めてちょっとだけ聴く曲に、見事な伴奏をつけてくれた。

「ありがとう！」

曲の合間にお礼とウインクをして、レイは歌い続けた。


「凄いな。さすがに信じるしかないだろう」

アリスはベンチの上に立って、人混みの中心というステージで歌い踊るレイを見ていて、その脇に因幡が立った。

「ちっ！　上手いじゃん」

そう吐き捨てたアリスを見て、

「そんな顔、できるんだな」

因幡が、同じ様な笑顔で言った。


レイのステージに、ラッパのカバ集団が加わり、さらに数曲歌った。

広場は大いに盛り上がり、楽しそうな騒ぎを聞きつけた別の村の楽団が大量に加わりそうになったので、さすがに衛兵に止められることで青空即興ライブは終わった。

住人達が、口々にレイを称えてから、名残惜しそうに散っていった。

西側の空の色がオレンジに染まり、一番大きな太陽が谷の緑に近づいた世界で、レイの前に残ったのは、アリスと因幡だけだった。

汗を拭きながら、レイはベンチに座って自分を見ている二人を見て、

「歌ったから、次は演技をしよう！」

口の中だけで小さく呟いた。

レイは二人に背中を見せながら、持っている物でほんの少しの手元作業をした。それを終えると、ベンチへと近づいていく。

「はいはい、認める認める。上手い。上手。あなたはプロ歌手」

アリスが悔しそうな笑顔で言ってきて、レイは夕日を背中に二人の前で立ち止まり、慈愛たっぷりの作り笑顔で答える。

「とんでもない！　私は神様だよ！」

「はー？」

「騙《だま》していてごめんね。実は私、神様なんだ。この世界には、ちょっと遊びに降りてきただけ

で、もう戻らないとね」

「何いっちゃってんの？　失礼だけど、頭いっちゃってんの？」

「本当に失礼だなー！」

レイは笑顔でツッコミを返してから、

「ほい、アリスちゃん、立って」

「命令すんな」

答えながらアリスがすんなりと立ち上がったので、

「えいっ！」

レイは、そのままガバッと抱き付いた。

「むが？」

「ぎゅー！」

効果音を口で言いながら、レイは自分よりずっと小柄なアリスをがっちりと抱き締めた。かなり強烈に。

「むぐ！」

「神様が断言するね！　あなたが、全てを思い出す日はきっと来るって！　そして、私がやっているように、あなたも、あなたがやりたいことをやるの」

「むがが！　殺す気かー？」

「いやそれは困る」

ハグをといたレイが、下から睨んでくるアリスに訊ねられる。

「神様ねえ……。次は、どうやってそれを信じろと？」

レイは、そうだなあ、と呟いて、そして後ろを見た。

大きな太陽が、緑の中に沈んでいこうとする最中で、

「あのお日様が消えるみたいに、私も目の前から一瞬で消える。そしたら信じてくれるかな？

今日は楽しかった！　アリスちゃんと、因幡さんと会えて嬉しかった！」

「はいはい、信じる信じる」

まったく信じる気もなく言ったアリスが、因幡は？　と隣にいる男に聞いた。

「見てから考える」

「だってさ」

「疑り深いのはいいことですよ。——それではお二人さん、もしどこかで会えたら、また会いましょう」

言った瞬間、アリスと因幡の目には夕日の光が飛び込んだ。同時に、ガチャンという音が聞こえた。

アリスの目を鋭く刺していた光が、森の下に沈んで、

「あ……？　本当に、消えた……」

二人の見たのは、レイが立っていた場所に落ちていた、白いお面と革製の巾着袋だけだった。

「ああ、消えたな」

因幡は言いながら数歩進んで、レイが落とした物を拾い上げる。

中を見ると、巾着袋には小さな硬貨がたくさん残っていた。そして、白いお面には、

「…………。アリス、これを見てくれ」

内側に、細いクレヨンで、日本語で、綺麗な文字が書かれていた。

『このお金は〝神の世界〟に持って帰れないので、二人で使ってくださいね！　だってもともと、因幡さんにもらったものですからね！　有栖川芸能事務所所属、ユキノ・レイより！』

「……なにこれ？　え？　なにこれ？」

読んだアリスが、まだ混乱している頭で訊ね、

「そういうことか……。なるほど……」

因幡は呟いていた。

「一人で納得してるな！　何が起きたんだ？」

因幡が、自分を睨むアリスを見て正答を言う。

「あのレイという少女は、俺達と同じ世界、つまり現代日本から、俺の力を使って来ているんだ」

「え？　そうなの？　――なんだ、じゃあ、神様ってのは嘘で、単なるトリックじゃんか！

すっかり騙されちまったぜ！　ちくしょー！」

　笑顔のアリスとは対照的に、

「そんなことがあるのか……。あり得るのか……」

　因幡は、幽霊でも見たかのような顔をしていた。

「まあ、別に珍しくないでしょ？　〝別の世界の因幡〟の仕業ってことで」

　気軽に言ったアリスに、因幡は冷え切った顔を向けて答える。

「いいや、俺は一人しかいない」

「は？」

「アリスにはまだ言っていなかったが……、俺はこの世界の集まり――、並行世界や異世界の、さらに外の世界から来たのだと思っている。だから、俺は、どこへ行っても一人だけだ」

「なんで言ってなかったの？」

「不気味《ぶきみ》がられると思って……」

「だー、とっくに思っているから心配するな！　じゃあ、レイは？」

「俺が、この俺が、アリスと同じように、元の世界から連れてきたんだ。でも……、記憶がない」

「因幡もボケたもんねー」

「いや、そうじゃない……。そうじゃない……！」

因幡が首を何度も振ってから、自分で導き出した、そして絶対に正しい結論を口にする。

「俺は忘れないから、過去に起きた出来事ではない。答えは一つ。俺が、これからやるんだ。つまり、未来の俺が連れてきていた。未来の俺が、この世界に再び来る時間を、今日に選んだんだ」

「あー、なるほど。そうなると、同じ世界にダブっちゃうこともあるんだ。というか、できたんだ」

「やったことが一度もなかったが、できるんだな……。そして、俺が別の世界に連れてこられるのは実体を持たない、しかし死んでいない生き霊だけだから――」

「ちょ！　ってことは――」

「そうだ。あのレイという少女も、生き霊ということになる」

「私みたいに？」

「そうだ」

「でも――」

「そうだ。レイ本人は、そのことにまったく気付いていない。歌手で女優というのは、彼女の憧れだったんだろう。そして、夢の中でそれを存分に楽しんでいる。つまり、未来の俺が、レイにそのことを隠して連れ回しているんだ」

「なるほど……。それにしても、〝歌手と女優に憧れてる〟か……。別に、楽じゃないと思うんだけどね」

「ん？　どうしてそう思う？」

「競争も厳しいし、頭にくるクライアントも多いし、セクハラプロデューサーだらけだし。それでいて、それらを我慢して売れたら売れたで、今度はスケジュールぎっしりで、遊ぶ暇もないし」

「………。それで？」

「だから、私は休みたかったんだね。女優業も歌手も、全部一度、思いっきり放り出したかった」

「おい……、今……、なんて言った……？」

＊　＊　＊

レイが目を開けると、そこは駐車場の入口だった。

レイは振り向かなかった。薄暗い坂道を歩いて下って、社長の凄いスポーツカーや因幡の可愛い四輪駆動車が停めてある脇を通り、エレベーターに乗る。

ガタゴトと古いエレベーターが登って行く間、

「アリスちゃん、いつかは思い出せるのかな……」

レイは小さく呟いた。

ベルが鳴ってドアが開いて、

「おかえりー！　レイ！　ありがとう！」

そこにいた社長に驚かされて、

「え？　〝ありがとう〟って？」

「こっちの話！　おかえりー！」

「ただいまです！」

おしまい

あとがき

皆様こんにちは。作者の時雨沢恵一《しぐさわけいいち》です。

『レイの世界　―Re:I― 3 Another World Tour』（以下『レイの世界』）3巻をお手にとって頂き、ありがとうございます。ええ、あとがきです。『レイの世界』では決まってこの文言で始まっています。

今回は電子書籍版も1冊として発売されていますので、あとがきは、ここだけになりますね（注・1〜2巻は、電子書籍版は二話ずつの販売だったもので、それぞれにあとがきを書いていたんですよ。今回の3巻発売と同時に、1〜2巻の電子書籍も、各巻まとめて読めるようになりました。なお、二話ずつ販売も継続しています）。

ですので、世界がどんなに広しと言えども、『レイの世界』3巻のあとがきは、ここにしかない。そう思うと、ここを読んでいる皆様が、一つの大きな歴史の目撃者になっていると言っても過言では――、言い過ぎました。

とはいえ、読者の皆様と作者の時雨沢が触れ合える貴重な場です。真面目に捉え、真剣に向き合い、ずっと大切にしたいと思いますが、変な方向へ向かったらそれはみんな私が悪いんだって自分でも分かっています。

さて、ここからは――、本巻のネタバレを微妙に、しかしちゃっかりと含みます。

いつもはなるべくネタバレを含まずに、あとがきを最初に読んでもいいように書くのですが、今回は事情が許さず、若干とはいえネタバレを含有するあとがきとなってしまいました。

本屋さんで最初にここを読んでいる方、逃げて！　今すぐ逃げて！　本を持ったまま、レジの方へ！　支払い方法を考えながら！

『四の五の言わず買って！』という生々しい言葉を、湾曲《えんきょく》表現《ひょうげん》してみました。ほんのりと伝わったでしょうか？　伝わっているといいな。


それでは、ネタバレを含めた、あとがきに移りたいと思います。

小説本文を読んでいただいて分かったと思いますが――、『レイの世界』としてはひとまず予定通りのオチを付けまして、この巻でシリーズは終わりとさせていただく所存です。つまりは最終巻ということになります。

つつがなく百巻まで続くと思われて、本棚のスペースを広々とあけていてくれた皆様、誠に申し訳ありません。そのスペースには、これから私が書くであろう超大作を収めていただけると嬉しいのですが、当面は造ったプラモとか写真とか飾っておけると思います。

作者としましては、無事にシリーズの大きなオチをお届けすることができてホッとしています。もし、1巻か2巻で打ち切りになってしまったら、謎は謎のままで残されていたことでしょう。

そうなったら、私はX（旧Twitter）でひたすらオチを書いていたか、体中にオチをペイントして裸で町中を歩くしかなかったのです。助かった。

レイの正体とは？　どうやって事務所に所属したの？　どうして写真に写らないの？　なんで物覚えが悪い子なの？　つーか、女子高生って書いてあるけど学校にちゃんと行ってる？いろいろ知ってそうな社長の思惑とは？　社長はなんでいつも事務所にいるの？　他に所属している芸能人いるの？　事務所でコーヒーがよく出るのにレイは一切飲む描写がないのはどして？　今何問目？　因幡が時々異世界でレイのことで断言しているけどホワイ？

などなど、読者の皆さんの質問への答えを、全部出せた気がします（出せてないところは、設定がないところです。なくても書けてしまった……）。

この作品のタイトルも『レイ』に複数の意味——、名前のレイと、『例』と、『霊』と、コッソリとトリプルミーニングにさせていただきました。回収できてよかったです。

そんな『レイの世界』ですが、現在、ソニーミュージックエンタテインメントさんのアプリ、

『コミックＲＯＬＬＹ』にてコミカライズが配信されています。

自分の作品としては初のフルカラー、縦読みというスタイルでのコミカライズです。素晴らしいできになっています。原作を全部読んだ方も、楽しんでいただけるはず。

さらには歌まで作っていただきました！

やなぎなぎさん×雪乃イトさんで、『オーバーレイ・ワールド』という公式イメージソングを！

こちらはＹｏｕＴｕｂｅなどでＭＶが公開されています。

『レイの世界』らしく、歌詞が飛び跳ねていて、不思議で綺麗でポップで、途中で曲調がガラッと変わったりして、サビのメロディラインがぶわっと広がって、いろいろな世界が詰め込まれた、原作者には最高の公式イメージソングとなっています。

小説や漫画を読みながら聴いていただけると、嬉しいです。ちなみに今も聴きながらこのあとがきを書いています。

『レイの世界』、これまであとがきで何回か書いたとおり、元々は黒星紅白《くろぼしこうはく》さんのデザインした、名もなきキャラクターがあって生まれた話でした。

そこからイメージを膨らませ、ちょっと不思議な話をやったり、どこか間の抜けた話をやったり、切ない話をやったり、ＳＦな話をやったり、私が好きな作品へのオマージュを捧げてみたり――、書く方も、とても楽しかったです。読んでくれた皆様に楽しんでいただけたら、作者冥利《みょうり》に尽きるというものです。

ここまでお読みいただき、本当にありがとうございました!
また次の作品で、あるいは私の他のシリーズの続編でお会いしましょう!

２０２３年　12月　時雨沢恵一

レイは、描いていて
パッションを貰える
タイプのキャラクターなので
皆様にもそれが届いて
いたら嬉しいです。
黒星紅白でした。

本書は書き下ろし作品です。

IIV

レイの世界《せかい》 -Re:I- 3

Another World Tour

著　　者｜時雨沢恵一《しぐさわけいいち》
イラスト｜黒星紅白《くろぼしこうはく》

2023年12月18日　初版発行

発 行 者｜鈴木一智
発　　行｜株式会社ドワンゴ
〒104-0061
東京都中央区銀座4-12-15 歌舞伎座タワー
03-3549-6402

● お問い合わせについて
ⅡⅤ編集部:iiv_ info@dwango.co.jp
ⅡⅤ公式サイト:https://twofive-iiv.jp/
ご質問等につきましては、ⅡⅤのメールアドレス
またはⅡⅤ公式サイト内「お問い合わせ」よりご連絡ください。
※内容によっては、お答えできない場合があります。
※サポートは日本国内のみとさせていただきます。
※Japanese text only

発　　売｜株式会社KADOKAWA
〒102-8177
東京都千代田区富士見2-13-3
https://www.kadokawa.co.jp/
書籍のご購入につきましては、KADOKAWA購入窓口
0570-002-008(ナビダイヤル)にご連絡ください。

印刷・製本｜株式会社暁印刷

ISBN978-4-04-893113-7　C0093
Printed in Japan